推《お》し、燃《も》ゆ

宇佐見りん

河出書房新社

推し、燃ゆ

推《お》しが燃えた。ファンを殴ったらしい。まだ詳細は何ひとつわかっていない。何ひとつわかっていないにもかかわらず、それは一晩で急速に炎上した。寝苦しい日だった。虫の知らせというのか、自然に目が覚め、時間を確認しようと携帯をひらくとSNSがやけに騒がしい。寝ぼけた目が〈真幸《まさき》くんファン殴ったって〉という文字をとらえ、一瞬、現実味を失った。腿の裏に寝汗をかいていた。ネットニュースを確認したあとは、タオルケットのめくれ落ちたベッドの上で居竦《いすく》まるよりほかなく、拡散され燃え広がるのを眺めながら推しの現状だけが気がかりだった。

無事？　メッセージの通知が、待ち受けにした推しの目許を犯罪者のように覆《おお》った。

成美《なるみ》からだった。翌日、電車の乗車口に駆け込んできた成美は開口一番「無事？」と言った。

成美はリアルでもデジタルでも同じようにしゃべる。ふたつの大きな目と困り眉に豊かに悲しみをたたえる成美の顔を見て、あたしはよく似た絵文字があるなと思いながら「駄目そう」と言う。「そうか」「そうよ」制服のワイシャツのボタンを二個はずした成美が隣に腰を下ろすと、柑橘系の制汗剤が冷たく匂った。きついまぶしさで見えづらくなった画面に０８１５、推しの誕生日を入力し、何の気なしにひらいたＳＮＳは人の呼気にまみれている。

「かなり言われてる感じ？」んしょ、と成美も携帯を取り出す。透明なシリコンの携帯ケースに黒っぽい写真がはさまるように入っていて「チェキじゃん」と言うと「最高でしょ」、スタンプみたいな屈託のない笑顔が言った。成美はアイコンを取り換えるように都度表情を変え、明快にしゃべる。建前や作りわらいではなく、自分をできるだけ単純化させているのだと思う。「どんだけ撮ったの」「十枚」「うわ、あ、でも

「一万円」「て考えると、でしょ」「安いわ、安かったわ」

　彼女が熱を上げているメンズ地下アイドルには、ライブ後に自分の推しとチェキ撮影のできるサービスがある。見せられた数枚のチェキには長い髪を丁寧に編み込んだ成美が写っていて、後ろから腕を回されたり推しと頬をくっつけたりしている。去年まで有名なアイドルグループを追いかけていた成美は「触れ合えない地上より触れ合える地下」と言う。あかりも来なって、はまるよ、認知もらえたり裏で繋がれたり、もしかしたら付き合えるかもしれないんだよ。

　あたしは触れ合いたいとは思わなかった。現場も行くけどどちらかと言えば有《う》象《ぞう》無《む》象《ぞう》のファンでありたい。拍手の一部になり歓声の一部になり、匿名の書き込みでありがとうって言いたい。

「ハグしたときにね、耳にかかった髪の毛払ってくれて、何かついてたかなって思ったら」

　成美が声をひそめる。

「いい匂いする、って」

やっぱ。小さい「っ」に力を込める。成美が「でしょ。もう絶対戻れないな」とチェキを元通りにしまう。去年まで成美が追っかけていたアイドルは留学すると言って芸能界を引退した。三日間、彼女は学校を休んだ。

たしかに、と言った。電柱の影が二人の顔を通り過ぎた。はしゃぎ過ぎたとでもいうように成美は曲げていた膝を伸ばし、桃色の膝頭に向かって急に落ち着いた声で「でも、偉いよ、あかりは。来てて偉い」と呟く。

「いま、来てて偉いって言った」

「ん」

「生きてて偉い、って聞こえた一瞬」

成美は胸の奥で咳き込むようにわらい、「それも偉い」と言った。

「推しは命にかかわるからね」

生まれてきてくれてありがとうとかチケット当たんなくて死んだとか目が合ったか

ら結婚だとか、仰々しい物言いをする人は多い。成美もあたしも例外ではないけど、調子のいいときばかり結婚とか言うのも嫌だし、〈病めるときも健やかなるときも推しを推す〉と書き込んだ。電車が停まり、蟬の声がふくらむ。送信する。隣からいいねが飛んでくる。

リュックサックを、この前推しのライブに行ったままの状態で持ってきてしまった。学校で使えるものは感想をメモする用のルーズリーフとペンくらいだったので、古典を見せてもらい数学を借り、水着もないので水泳の授業はプール横に立った。入ってしまえば気にならないのに、タイルの上を流れてくる水はどこかぬるついている気がする。垢や日焼け止めなどではなく、もっと抽象的な、肉、のようなものが水に溶け出している。水は見学者の足許にまで打ち寄せた。もうひとりの見学者は隣のクラスの子だった。彼女は、夏の制服の上に薄手の白い長袖パーカーを着て、プールの縁ぎりぎりまで行ってビート板を配っている。水を撥ね上げるたび素足がどぎつい白さを放つ。

濡れて黒っぽくなった水着の群れは、やっぱりぬるついて見えた。銀の手すりやざらざらした黄色い縁に手をかけ上がってくるのが、重たそうな体を滑らせてステージに這い上がる水族館のショーのアシカやイルカやシャチを思わせる。あたしが重ねて持っているビート板をありがとねと言いながら次々に持っていく女の子たちの頬や二の腕から水が滴り落ち、かわいた淡い色合いのビート板に濃い染みをつくる。肉体は重い。水を撥ね上げる脚も、月ごとに膜が剝がれ落ちる子宮も重い。先生のなかでもずばぬけて若い京子《きょうこ》ちゃんは、両腕を脚に見立ててこすり合わせながら、太腿から動かすのだと教えた。たまに足先だけばたつかせる子いるけどさ、無駄に疲れるだけだからねあんなの。

保健の授業を担当しているのも京子ちゃんだった。あっけらかんとした声で卵子とか海綿体とか言うおかげで気まずくはなかったけど、勝手に与えられた動物としての役割みたいなものが重くのし掛かった。

寝起きするだけでシーツに皺《しわ》が寄るように、生きているだけで皺寄せがくる。誰かとしゃべるために顔の肉を持ち上げ、垢が出るから風呂に入り、伸びるから爪を切る。最低限を成し遂げるために力を振り絞っても足りたことはなかった。いつも、最低限に達する前に意思と肉体が途切れる。

保健室で病院の受診を勧められ、ふたつほど診断名がついた。薬を飲んだら気分が悪くなり、何度も予約をばっくれるうちに、病院に足を運ぶのさえ億劫《おっくう》になった。肉体の重さについた名前はあたしを一度は楽にしたけど、さらにそこにもたれ、ぶら下がるようになった自分を感じてもいた。推しを推すときだけあたしは重さから逃れられる。

人生で一番最初の記憶は真下から見上げた緑色の姿で、十二歳だった推しはそのときピーターパンを演じていた。あたしは四歳だった。ワイヤーにつるされた推しが頭の上を飛んで行った瞬間から人生が始まったと言ってもいい。

とはいえ推し始めたのはそれからずいぶんあとのことで、高校に上がったばかりだったあたしは五月にある体育祭の予行練習を休み、タオルケットから手脚をはみ出させていた。長いこと切っていない足の爪にかさついた疲労が引っ掛かる。外から聞こえるキャッチボールの音がかすかに耳を打つ。音が聞こえるたびに意識が一・五センチずつ浮き上がる。

予行練習にそなえて二日前に洗濯しておいたはずの体操着が、なかった。ワイシャツ姿のまま部屋を探し、荒らし回ったのが朝の六時で、見つからないまま逃げるように寝て、昼に起きた。現実は変わらない。掘り起こした部屋は部屋そのものがバイト先の定食屋の洗い場のようで、手のつけようがない。

ベッドの下をあさると、埃にまみれた緑色のＤＶＤが出てきた。子どもの頃に観たピーターパンの舞台のＤＶＤ。プレイヤーに吸い込ませると、カラーのタイトル映像が無事に映し出された。傷がついているのか、時折線が入る。

真っ先に感じたのは痛みだった。めり込むような一瞬の鋭い痛みと、それから突き飛ばされたときに感じる衝撃にも似た痛み。窓枠に手をかけた少年が部屋に忍び込み、ショートブーツを履いた足先をぷらんと部屋のなかで泳がせたとき、彼の小さく尖った靴の先があたしの心臓に食い込んで、無造作に蹴り上げた。この痛みを覚えている、と思う。高校一年生の頃のあたしにとって、痛みはすでに長い時間をかけて自分の肉になじみ、うずまっていて、時折思い出したように痺れるだけの存在になっていたはずだった。それが、転んだだけで涙が自然に染み出していた四歳の頃のように、痛む。一点の痛覚からぱっと放散するように肉体が感覚を取り戻してゆき、粗い映像に色と光がほとばしって世界が鮮明になる。緑色の小さな体が女の子の横たわるベッドへふわりと駆け寄り、肩をちょんと叩く。揺すぶる。ねえ、と、愛らしく澄んだ声が突き抜けて、ピーターパンだ、と思った。まぎれもなく、あの日あたしの頭上を飛んだ男の子だった。

ピーターパンは生意気そうな目を爛々《らんらん》と輝かせ、毎回、勢いをつけて訴えかけるようにせりふを叫ぶ。どのせりふも同じように発音する。一本調子で動きも大げさだったけど、息を吸い、ひたすら声を出すということに精いっぱいな姿が、あたしに同じように息を吸わせ、荒く吐き出させる。あたしは彼と一体化しようとしている自分に気づいた。彼が駆け回るとあたしの運動不足の生白い腿が内側から痙攣《けいれん》する。影が犬に噛みちぎられてしまった、と泣く彼を見て、伝染した悲しみごと抱きとめてあげたくなる。柔らかさを取り戻し始めた心臓は重く血流を押し出し、波打ち、熱をめぐらせた。外に発散することのできない熱は握りしめた手や折りたたんだ太腿に溜まる。彼がむやみに細い剣を振り回し、追いつめられ、その脇腹を相手の武器がかすめるたびにひやりと臓器に刃をあてられたような気分がする。彼が船の先端で船長を海に叩き落として顔を上げたとき、その子どもらしくない視線の冷たさに武者震いのようなものが背筋を走った。うええ、と間の抜けた独り言が出る。やばい、えぐい、とわざと頭の中で言葉にした。たしかにこの子なら船長の左手を切り落としてワニに食べさせるな、なんて思う。やばい、えぐいと、家に誰もいないのをいいことに声に出した。調子に乗って「ネバーランド行きたいな」と言ってみると、うっかり本気になりかけた。

ピーターパンは劇中何度も、大人になんかなりたくない、と言う。冒険に出るときにも、冒険から帰ってウェンディたちをうちへ連れ戻すときにも言う。あたしは何かを叩き割られるみたいに、それを自分の一番深い場所で聞いた。昔から何気なく耳でなぞっていた言葉の羅列が新しく組み替えられる。大人になんかなりたくないよ。ネバーランドに行こうよ。鼻の先に熱が集まった。あたしのための言葉だと思った。共鳴した喉が細く鳴る。目頭にも熱が溜まる。少年の赤い口から吐き出される言葉は、あたしの喉から同じ言葉を引きずり出そうとした。言葉のかわりに涙があふれた。重さを背負って大人になることを、つらいと思ってもいいのだと、誰かに強く言われている気がする。同じものを抱える誰かの人影が、彼の小さな体を介して立ちのぼる。あたしは彼と繋がり、彼の向こうにいる、少なくない数の人間と繋がっていた。

ピーターパンが舞台を蹴り、浮き上がった彼の両手から金粉がこぼれ落ちる。四歳だったあたしが舞台を実際に観たあと、地面を蹴って飛び跳ねていた感覚が戻る。そこは祖父母の家のガレージで、夏になると生い茂ったどくだみの、鼻を刺激する独特のにおいがたちこめている。売店で買ってもらった金色の「妖精の粉」を体にふりまき、三度、四度、跳ねる。幼い頃どこへ行くにも履かされた底の鳴る靴は、着地するたびに空気が抜け高く鳴いた。飛べると思っていたわけではない。それでも音と音のあいだが僅かずつ長くなり、いつか何も聞こえなくなることをあのときあたしはどこかで待ち続けていた。着地するまでのあいだだけ体に軽さがやどり、その軽さはテレビの前で下着にワイシャツだけ羽織った十六歳のあたしにもやどっていた。

上野《うえの》真幸。揺すり動かされるように手にとったパッケージには丸いフォントでそう書かれていて、検索をかけるとテレビで何度か見かけたことのある顔が出てきた。そうかこの人が、と思う。若葉を抜けてきた風が、この頃遅れがちだった体内時計の螺《ね》子《じ》を巻き直して、あたしは動き出す。体操着は見つからなかったけど強固な芯が体のなかを一本つらぬいていて、なんとかなる、と思う。

上野真幸くんはアイドルグループ「まざま座」のメンバーとして活躍しているという。現在の宣材写真を見ると、十二歳だった男の子は頬が落ち、落ち着いた雰囲気のある青年になっている。ライブを観た。映画を観た。テレビ番組を観た。声も体格も違っていたけど、ふとした瞬間に見せる眼球の底から何かを睨むような目つきは幼い頃と変わっていなかった。その目を見るとき、あたしは、何かを睨みつけることを思い出す。自分自身の奥底から正とも負ともつかない莫大なエネルギーが噴き上がるのを感じ、生きるということを思い出す。

昼の一時に出た映像でも推しはそういうものを覗かせた。水泳の授業を終えて濡れたタオルを肩にかけている生徒らから塩素のにおいがただよう。昼休憩の教室に、椅子を引く音や廊下を小走りにゆく音が立つ。あたしは前から二列目の席で耳にイヤホンを挿した。不完全な沈黙に、自分の内側が張りつめるのを感じた。

映像は推しが事務所から出てきたところから始まっていた。フラッシュに晒《さら》された推しは、疲弊して見えた。「お話よろしいでしょうか」とマイクが差し出される。「はい」「ファンの女性に手を上げた？」「はい」「なぜそんなことになったのでしょう」、返事なのか相槌なのか判別のつかないほど淡々としていた調子が、わずかに狂った。「当事者間で解決すべきことと思っています。ご心配、ご迷惑をおかけして申し訳ありません」「相手方への謝罪は？」「しています」「今後の活動はどうなさるのでしょうか」「わかりません。事務所やメンバーとも話し合っているところです」車に乗りかけた推しの背中に「反省しているんですか」と怒鳴るようなリポーターの声が掛かる。振り向いた目が、一瞬、強烈な感情を見せたように思った。しかしすぐに「まあ」と言った。

機材や人を黒い車体に映り込ませて車が去る。〈何この態度〉〈反省して戻ってきてほしい！　真幸くんいつまでも待ってるよ〉〈自分が悪いのにああいうところで不機嫌になるあたりね〉〈不器用だなあ。ちゃんと説明すればいいのに〉〈ライブも何度も行ったけど金輪際見ません。被害女性に文句言ってるお花畑信者は正気？〉ファンのものであろう発言でにぎわっているコメント欄の一番上に〈DV顔だと思う人グッドボタン↓↓↓〉がのぼってきている。

観終えてからまた戻し、ルーズリーフにやりとりを書き起こす。推しは「まあ」「一応」「とりあえず」という言葉は好きじゃないとファンクラブの会報で答えていたから、あの返答は意図的なものだろう。ラジオ、テレビ、あらゆる推しの発言を聞き取り書きつけたものは、二十冊を超えるファイルに綴じられて部屋に堆積している。CDやDVDや写真集は保存用と鑑賞用と貸出用に常に三つ買う。放送された番組はダビングして何度も観返す。溜まった言葉や行動は、すべて推しという人を解釈するためにあった。解釈したものを記録してブログとして公開するうち、閲覧が増え、お気に入りやコメントが増え、〈あかりさんのブログのファンです〉と更新を待つ人すら現れた。

アイドルとのかかわり方は十人十色で、推しのすべての行動を信奉する人もいれば、善し悪しがわからないとファンとは言えないと批評する人もいる。推しを恋愛的に好きで作品には興味がない人、そういった感情はないが推しにリプライを送るなど積極的に触れ合う人、逆に作品だけが好きでスキャンダルなどに一切興味を示さない人、お金を使うことに集中する人、ファン同士の交流が好きな人。

あたしのスタンスは作品も人もまるごと解釈し続けることだった。推しの見る世界を見たかった。

そう考え始めたのはいつだったろうとブログを見返すと、去年初めてまざま座のコンサートに行ってからひと月ほど経ったあたりだとわかった。ラジオの感想を書いた記事で、地域限定の放送だったこともあり、書き起こした内容そのものに需要があったのだろう、あたしのブログの中で上から五番目くらいの閲覧数がある。


こんにちは、昨日は推しくんがラジオ出ましたね。これ、本当に良かったのですが神奈川の局限定放送だそうで、聴けなかった方のためにも印象的だった部分をブログに記録しておくことにします。以下、「芸能界最初の思い出は？」と訊かれた推しくんの返答の文字起こしです。赤字がパーソナリティの今村さん、青字が推しくんです。

「いやあ、いいもんじゃないですよ」

「それはそれで気になりますよ、話しちゃいましょうよ」

「おれ、はっきり覚えてるんですけど。五歳の誕生日におふくろから、今日からテレビに出るから撮影ねって言われて、突然よ。青空と雲と淡い色の虹と、夢みたいなセットのなかにつれていかれて、でも大人たちの駆け回っているところは暗くて、真っ黒な機材の奥で千鳥柄のワンピース着たおふくろがさ、こう……手をね、胸元で振ってるの。ほんの五メートルの距離なのになんか別れの挨拶みたいで泣きそうになってたらさ、くまの着ぐるみがこうやって、わかる？」

「ああ、シュワッチ、ね。ラジオだから身振りやめてくれる？」

「そうだった（笑）。でね、それやりながら、つるっつるした真っ黒いふたつの目でおれを見下ろしてるわけ。おれ泣きたかったけどわらったんだよね、着ぐるみの目のなかに映るおれの笑顔がもう完璧で、それから毎回、その着ぐるみが同じ動きでわらわせてくるようになって。そのときおれは悟ったよ、あ、作りわらいって誰もわかんないんだなあって、おれが思ってることなんて、ちっとも伝わんねえなみたいな」

「五歳で」

「そう、五歳で」

「ヤな五歳だなあ（笑）」

「いや、たまにいるのよ。いつから好きですとか、何年前から応援してますとか、近況報告とか、とにかく自分のことだけ綴った手紙書いてくれる子。うれしいよ、うれしいんだけど、なんか心理的な距離がね」

「そりゃファンは、だって、わかんないよ。いつも上野くんのこと見てるわけじゃないし」

「でも、近くにいる人がわかってくれるわけでもないんだよ。誰と話してても、あ、今こいつ何にもわかってねえのに頷いたなって」

「あっ、まさか僕もですか」

「そうじゃなくて……いや、どうかな、今村さん適当に褒める癖あるから」

「ひどい。本気ですよ僕は、いつだって（笑）」

「ごめんごめん（笑）。いやでも、だからこそ、歌詞とか書いたりしてんのかもね。もしかしたら誰かひとりくらいわかってくれるかも、何かを見抜いてくれるかもって。じゃなかったらやってらんないよ、表舞台に立つなんてさ」


胸が塞がるってこういうことなんだなって思いました。前にもブログで書いたと思うんですけど、わたしが初めて推しくんを観たのはまだ彼が十二歳のときだったので、子役時代の話にはとくべつに興味があるのかもしれません。彼には人を引きつけておきながら、同時に拒絶するところがある。「誰にもわからない」と突っぱねた、推しが感じている世界、見ている世界をわたしも見たい。何年かかるかわかんないし、もしかしたら一生、わからないかもしれないけど。そう思わせるだけの力が彼にはあるのだと思います。

推し始めてから一年が経つ。それまでに推しが二十年かけて発した膨大な情報をこの短い期間にできる限り集めた結果、ファンミーティングの質問コーナーでの返答は大方予測がつくほどになった。裸眼だと顔がまるで見えない遠い舞台上でも、登場時の空気感だけで推しだとわかる。一度メンバーのミナ姉がふざけて推しのアカウントで呟いたときにも〈なんかいつもと違いますか？　真幸くんぽくない……〉とリプライを送り、ミナ姉に〈お、正解。真似たつもりだったんだけどな笑〉と返事をもらった。彼らから反応をもらえるのはごく稀なことだった。今思えばあたしが真幸くんの「ガチ勢」として有名になったのもあれがきっかけだったかもしれない。

たまに推しが予想もつかない表情を見せる。実はそんな一面もあるのか、何か変化があったのだろうかと考える。何かがわかると、ブログに綴る。解釈がまた強固になる。

今回の件は例外だった。知る限り、推しは穏やかな人ではない。自分の聖域を持ち、踏み入られると苛立つ。それでも湧き上がった感情を眼のなかに押しとどめて、実際には見苦しい真似はしない。我を忘れることはないし、できない。他人とは一定の距離をとると公言する推しが、どれほど気に障ることを言われたところで、ファンを殴るとは思えなかった。

まだ何とも言えない。何度もSNS上で見かけた大多数のファンと同じことを思う。怒ればいいのか、庇えばいいのか、あるいは感情的な人々を眺めて嘆いていればいいのかわからない。ただ、わからないなりに、それが鳩尾《みぞおち》を圧迫する感覚は鮮やかに把握できた。これからも推し続けることだけが決まっていた。

チャイムの音に揺り動かされた意識が、まず首の後ろの冷えを認識し、いつの間にかかいている汗を認識した。休み時間を終えて席に着きながら口ぐちに暑いと漏らす教室の誰よりもシャツの内側に熱気が溜まっていると思い、それを逃がす間もなくドアがひらく。日頃淡い茶色のスーツに柄物の派手なネクタイを締めている只野《ただの》という地理の教師がワイシャツとスラックスだけの格好を「クールビズは重要ですからね、はい」と口早に説明しながらプリントを配る。前に座っている男子が頭の上でしゃかしゃかと紙を振り、あたしは一枚取って後ろに回す。授業は頭に入らない。只野がよくプリントに使う手書き風のフォントを眺めるうち、もしこれが推しの文字だったらと思った。ファンクラブに入っていると元日やクリスマスに推しの書いた文字を印刷したカードが届くけど、それを切り取って繋ぎ合わせたらこの手書き風フォントみたいに上野真幸フォントができるかもしれない。そうしたら勉強もはかどるかもしれない。あたしはそれで頭がいっぱいになって、足りない文字があるとしたら何だろうとか具体的につくるにはどうしたらいいんだろうとか考える。只野がチョークを止め、先端が崩れて白い粉が黒板を落ちていった。あ、そういえば今日はですね、レポート提出でしたから先に回収しちゃいましょうか、ね、皆さん持ってきていますでしょうかね。蟬が耳にでも入ったように騒がしかった。夥《おびただ》しい数の卵を産み付け、重い頭のなかで羽化したように鳴き始める。メモに書いたはずだったのに、と頭のなかのあたしが声を張り上げた。書いたところでそれを見るのも持ってくるのも忘れるんじゃゃ意味がない。じゃあ回収するのでと言われ皆が立ち上がるのにあたしは立てなかった。

前の席の男子がすらりと立ち上がって只野の机の前に行き、すませえん、忘れましたあと言う。周りがちょっとわらう。あたしもついていってすみません、忘れましたと言う。あたしはわらわれない。「おバカキャラ」とか「課題さぼりがちキャラ」になるには、へらへらとした感じが、少し足りない。

帰ろうとして、机の中から引っ張り出したのは数学の教科書だった。ぞっとした。たしかユウちゃんは五限に数学があると言っていたから、じゃあ昼休憩に返すねと言って借りたのだった。隣のクラスに行ったけどもうユウちゃんは教室にいなくて、メッセージを打つ。ごめん、貸してくれたのに忘れてて返せなかった。五限数学だって言ってたのに困ったよね。本当にごめんね。文字を打ち込みながら、もう合わせる顔がなくなったと思う。角を曲がったところで偶然通りかかった保健室の先生に「あかりちゃん、この間の診断書提出お願いね」と言われた。保健室の常連は皆、下の名前にちゃん付けで呼ばれていた。先生はうねった髪を後ろでたばね、馬の尻尾みたいなそれをいつも白衣の外側に垂らしている。夏にはまぶしすぎる白衣に目がくらんだようになる。ルーズリーフを四つ折りして、ペンで「数学教科書、診断書」と書き込んだ。少し後れて「地理レポ」を足す。「成美折りたたみ」「修学旅行代」「腕時計」廊下の真ん中でペンを突き立てるようにして書いている途中、薄い痙攣がまぶたを打ち、脇に挟んでいたリュックサックが滑り落ちた。廊下窓から差し込む日差しが一段と濃くなり、西日に変わっていく。頬の肉が灼かれる。

＊

皆さんおひさしぶりです。あの一件以来少しあいだが空いてしまいましたが、再開しようと思いまして。ちなみにこの記事はフォローしてくださっている方限定の公開なので、別の方法で拡散等しないようお願いいたします。

わたしたち真幸くん推しにはもちろんですが、あの一件は「まざま座」ファンの方全員にとって衝撃的な出来事だったろうと思います。目の当たりにして初めて知ったことですが、炎上というのは本当に手がつけられないものですね。あちらこちらから煽られ、鎮まったかと思うと昔の発言や写真を放り込まれて、それがまた新しい火種になって。よりによってお互いソウルメイトと公言している明仁くんと不仲説が出たり、地元の姫路の高校でいじめをしていたとか言われたり。推しくんの高校は東京だし通信制だし、ほとんど通っていなかったはずなのにそんな噂まで立つんだから逆に感心します。

某掲示板で「燃えるゴミ」と言われているのはご存じの方も多いと思います。推しくんは以前、批判も糧だと思うからエゴサーチする、とテレビで言っていました。あの言葉が推しくんの目に入るところを想像するとたまらない気持ちになりますが、文字通り指をくわえて見ていることしかできないわけで。

せめて会場では、推しくんのメンバーカラーである青色のペンライトをともしていたいなって思います。タイミングもあってむずかしいかもしれないけど、次の人気投票では寂しい思いをさせたくない。真幸くん推しの皆さん一緒に頑張りましょうね。

車酔いをしていた。額の内側、右の眼と左の眼の奥に感じる吐き気は、根深く、抉《えぐ》り出せそうになかった。「窓開けていい」と訊き、「やめて」母が硬い声で言ったので、窓の表面を垂れ落ちる雨に気がついた。

「何書いてたの」

隣で同じように車に揺られている姉は声ごとぐったりとした様子で言う。

「ブログ」

「推し？」

鼻から息を漏らして肯定した。空《から》の胃が収縮する。

「見ていいやつ」

「限定公開だよ。フォロワーの」

「ふうん」

あたしのオタク活動に、姉はたまに口を出してくる。なんで好きなの、と不思議そうにする。あんた、塩顔好きだったたっけ。明仁くんのが目鼻立ちはっきりしてるし、歌もセナくんのほうがうまいでしょ。

愚問だった。理由なんてあるはずがない。存在が好きだから、顔、踊り、歌、口調、性格、身のこなし、推しにまつわる諸々が好きになってくる。坊主憎けりゃ袈裟《けさ》まで憎い、の逆だ。その坊主を好きになれば、着ている袈裟の糸のほつれまでいとおしくなってくる。そういうもんだと思う。

「お金いつ返してくれんの」たいして重要でもなさそうに姉が言い、「あ、ごめん」と同じテンションで返す。前にグッズを通販で頼んだとき、たまたま家にいた姉が代引きを立て替えてくれた分の話だった。給料日来たら返すね、あとちょっとで人気投票だからそれまで待っててと言うと、また「ふうん」と漏らす。

「どのくらい変わるんだろうね、人気」

さあ、と言った。「ライト層の割合によるんじゃない？」

「流れるからってこと？」

「ステラブ以降のファンとか結構離れると思う」

恋愛映画『ステンレス・ラブ』で推しは急激にファンを増やした。主演ではないがヒロインの後輩役の一途かつ不器用な演技も絡めて人気が出たから、今回の報道は特に痛手だろう。

母が突然ハンドルの中心を強く連続で叩いて、短くクラクションを鳴らした。押し殺すような声で「あぶないでしょうが」と向かいから来た車に聞こえない文句を言う。姉が、自分が言われたように小さく息を呑む。どうでもよいことばかりしゃべりながら、姉はずっと母の動向をうかがっている。いつもそうだった。気に障ることがあるたび母が黙り、黙るほど、姉がしゃべる。

だいぶん昔、父の海外への転勤に一家がついていくことに反対したのは祖母だった、と聞いた。祖母は、夫に先立たれたわたしをひとり残すつもりなのか、親不孝だ、と訴え、母と孫たちを日本にとどまらせたらしい。母は祖母について恨みごとばかり言った。

姉が病院の売店の袋を雑にさぐって、お茶のキャップをぱきりと鳴らした。一口飲み、成分表示を見て、また口をつける。口に含んだまま眉を寄せてあたしに「いる?」のモーションをして見せ、喉を鳴らしたあとに「いる?」と訊く。ああうん、と言いながら受け取ると、車の振動で歯に飲み口があたって下唇からこぼれそうになった。空の胃をなだめるように液体が流れ落ちる。胃ろうの手術を祖母が受けて二年経つけれど、食べ物を嚥下《えんげ》できなくなった人が胃に直接穴を空けて、チューブで栄養を流し込むのだという話を聞いても実感が湧かなかった。病室では飲食しないので、昼頃に見舞いに行くと昼食のタイミングを逃すことになる。

車酔いをしたまま画面を見るのもきついのでイヤホンをしてアルバムを流す。前回、炎上する前の人気投票で一位をとった推しにはソロ曲「ウンディーネの二枚舌」があって、作詞も推しが担当していた。始めにギターで印象的なフレーズがかき鳴らされたあと、ひと呼吸あって「すいへいせんに」と掠れた声が乗る。肩のあたりに体温を感じる。電子音の増えてきた最近の曲にくらべてシンプルで、かつ哀愁があった。「水平線に八重歯を喰い込ませて」この曲が公開された当初、推しに恋愛感情を持つ一部のファンは八重歯の女性を探してネット中をかけずり回った。

目をひらく。雨が空と海の境目を灰色に煙り立たせていた。海辺にへばりつくように建てられた家々を暗い雲が閉じ込めている。推しの世界に触れると見えるものも変わる。あたしは窓に映るあたしの、暗いあたたかそうな口のなかにかわいた舌がいるのを見て音もなく歌詞を口ずさむ。こうすると耳から流れる推しの声があたしの唇から漏れでているような気分になる。あたしの声に推しの声が重なる、あたしの眼に推しの眼が重なる。

母がハンドルを切る。ワイパーの範囲から外れた雨が窓を垂れていき、タッタータッ、タッターッ、と規則的な音とともにぬぐわれた窓ガラスがまた曇る。並んだ木は輪郭を失い、鮮やかすぎる緑色だけが目に残る。

車酔いの重苦しさは、帰宅したときにはもう抜けていた。「なんか届いてるよ。山下あかり様」と姉が渡してきた十枚ほどのCDの包装を部屋で丁寧に剝がし、投票券を取り出す。二千円の新曲CDを一枚買うごとに一枚ついてくる投票券を、これで十五枚買ったことになる。結果次第で次のアルバムの歌割りや立ち位置が決まるし、五人のなかでいちばん多かった人は長いソロがもらえる。十枚買うごとに好きなメンバーと握手できるから幸せなシステムだと思う。応募券についているシリアルコードを読み取り、斎藤明仁・上野真幸・立花《たちばな》みふゆ・岡野《おかの》美奈《みな》・瀬名《せな》徹《とおる》の名前の中から青文字の上野真幸を選ぶ。十枚分入力してからブログを見ると閲覧数の伸びがいつもより少なく、限定公開だったからかと思い出した。コメントのほとんどが〈元気でしたか〉〈待ってました〉と心配する文章で始まっていて、炎上騒ぎがあってからたしかにSNSに投稿する頻度が減っていたなと思った。タカさん、虚無僧ちゃん、明仁くんの鴨ちゃん（通称鴨ちゃん）、のどぐろ飴さん、ひとつひとつ返信し、いつも通り一番長い文章を書いてくれている、同じ真幸くん推しのいもむしちゃんに返信する。

彼女は日によって〈はらぺこいもむし〉〈いもむし生誕祭〉〈イモムシ@傷心中〉などとアカウント名を変えていて、今はさつまいもとゲジゲジの絵文字が並んでいる。

〈あかりん～！　待ってたよおおお、最近更新ないから寂しくてひからびてたしなんなら供給なさすぎて過去記事読み返してたから、カウンターめっちゃ回ってたら犯人わたしです、ごめんよ笑　記事めっちゃ共感した！　心配だし不安だけど無駄に噂にひっぱられたくないよね～～～、あかりんが言ってくれて安心したわ。ほんとあかりんって文章が大人っていうか、優しくて賢いお姉さんって感じよな。これからも楽しみにしてる！　真幸くん最近人気落ち気味だけど今こそファンの底力を見せないとだよね、がんばろまじで！〉

〈いもむしちゃんコメントありがとう～。おまたせしてごめんね、でもうれしいな笑いやいや、大人っぽくなんかないよ……。そうだね、いろいろあるけどがんばろう！〉

いもむしちゃんの文面からは愛嬌と勢いが滲み出ている。年齢も学校も住んでいる地域ももちろんばらばらで、彼女ともその他の人とも推しやまざま座のファンであるという一点だけで繋がった。それでも、朝起きてあいさつし、月曜日の朝に不平不満を言いながら通勤通学し、金曜に「推しを愛《め》でる会」と称して自分の推しのお気に入りの写真をひたすら投下し合って、あれもそれもかわいいやばいと言いながら一緒に夜を更かしているうちに、画面越しに生活を感じ、身近な存在になった。あたしがここでは落ち着いたしっかり者というイメージで通っているように、もしかするとみんな実体は少しずつ違っているのかもしれない。それでも半分フィクションの自分でかかわる世界は優しかった。皆が推しに愛を叫び、それが生活に根付いている。〈風呂だる〜〜〉〈元気出して、推しが待ってるよ〉〈やだ無理最高、行ってくる〉〈クラス会のカラオケ、ばりばり推しソロ入れてきたわ〉〈うけるどうだった〉〈中途半端に陰キャなので沈黙〉〈勇者〉〈泣くなよ〉

推しは、いつか引退したり、卒業したり、あるいはつかまったりして急にいなくなる。バンドメンバーなんかになると突然亡くなったり失踪することもあるらしい。推しとの別れを想像するとき、あたしはここにいる人たちとの別れも一緒に考える。推しで繋がったから、推しがいなくなればばらけていくしかない。成美みたいに途中で別のジャンルに移っていく人もいるけど、あたしは推しがいなくなったときに新しく別の推しを見つけられるとは思えなかった。未来永劫、あたしの推しは上野真幸だけだった。彼だけがあたしを動かし、あたしに呼び掛け、あたしを許してくれる。

新曲が出るたびに、オタクがいわゆる「祭壇」と呼ぶ棚にCDを飾る。部屋は脱ぎ散らかした服と、いつから放ってあるのだかわからない中身の入ったペットボトルと、開かれたままうつぶせになった教科書や挟まったプリントやらで乱れきっているけど、青碧色のカーテンと瑠璃色のガラスでできたランプのおかげで入ってくる光と風はいつも青く色づいていた。アイドルにはだいたいメンバーカラーというのがあって、それはたとえば会場で応援するときのペンライトの色だったり、各メンバーのグッズの色に使われたりする。推しは青だから身の回りを徹底的に青く染め上げた。青い空間に浸るだけで安心できた。

この部屋は立ち入っただけでどこが中心なのかがわかる。たとえば教会の十字架とか、お寺のご本尊のあるところとかみたいに棚のいちばん高いところに推しのサイン入りの大きな写真が飾られていて、そこから広がるように、真っ青、藍、水色、碧、少しずつ色合いの違う額縁に入ったポスターや写真で壁が覆い尽くされている。棚にはDVDやCDや雑誌、パンフレットが年代ごとに隙間なくつめられ、さらに古いものから地層みたいに重なっている。新曲が発表されたら、棚のいちばん上に飾られていたCDは一段下の棚に収められて最新のものに置き換わる。

あたしには、みんなが難なくこなせる何気ない生活もままならなくて、その皺寄せにぐちゃぐちゃ苦しんでばかりいる。だけど推しを推すことがあたしの生活の中心で絶対で、それだけは何をおいても明確だった。中心っていうか、背骨かな。

勉強や部活やバイト、そのお金で友達と映画観たりご飯行ったり洋服買ってみたり、普通はそうやって人生を彩り、肉付けることで、より豊かになっていくのだろう。あたしは逆行していた。何かしらの苦行、みたいに自分自身が背骨に集約されていく。余計なものが削ぎ落とされて、背骨だけになってく。

〈あかりちゃん〉〈前も言ったけど夏休み中のシフト表出してね〉

幸代《さちよ》さんからメールが届き、寝転がりながらスケジュールアプリをひらく。予定は推しありきで決まるので人気投票の結果発表日は早上がりにしてもらい、投票後の握手会の日は当然避ける。握手会のあとは余韻に浸りたいので一日空けておく。それでもCDは買いたいし三月にはライブもある。行けば予想外の出費があるからバイトは上限まで入れたかった。去年推しが舞台に出たときも観終わるたびにその役に会えなくなるのがどうにも寂しくなり、次も観たくなり、を繰り返しながら気づけば何度もチケットの追加購入の窓口に並んでいた。舞台のパンフレットはインタビューが載っているので必須だし、原作本は予習のために買っていたけど（でも初日は先入観のない状態で観たかったから初日が終わったあとに読んだ）、舞台イメージのブックカバーがついてくるものもほしい。いっぱいグッズ買っちゃったし写真は気に入ったのだけでいいかななあなんて思っていたのが、パネルに貼られたサンプル写真を見て一転した。推しの書生姿と浴衣姿が二種類ずつ、血を吐いているのが一種類あって、一度見たらどれひとつだって置いて帰れないという気分になる。仮に同じ場面が同じ構図でDVDに収められていたとしても、切り取られた一瞬の印象の強さは写真でないと残らない。ここで逃したらもう手に入らないかもしれない。これ、ぜんぶで、と言うとあたしの横の女の人もぜんぶで、と言う。推しが目の前で動いている状況は舞台が終わるたびにうしなわれるけど、推しから発されたもの、呼吸も、視線も、あますことなく受け取りたい。座席でひとり胸いっぱいになった感覚を残しておきたい、覚えておきたい、その手掛かりとして写真や映像やグッズを買いたい。インタビューには「アイドルが芝居なんてと批判されるかもしれない、実際発表されたときはネットもそういう声で埋まっていました」とあったけど、自分の見せ方をよく知ったアイドルゆえの存在感は本職の俳優さんに引けを取らなかった。何より、頑固で潔癖な生き方が仇になって自分自身を追いつめていく、という役柄は推し自身によく似合った。もともとの舞台ファンからの評判も上々だったらしい。

ライブではお金がいくらあっても足りないだろうから、結局ほぼ毎日シフトの希望を入れて出した。学校がないぶん今までより集中できるかもしれない、推しを推すだけの夏休みが始まると思い、その簡素さがたしかに、あたしの幸せなのだという気がする。

＊

推しの声に起こされいつもの順序でネットを練り歩く。ブログをひらくと過去記事へのコメントやいいねなどの通知が来ていて、タップすると飛べる。

皆さんいかがお過ごしでしょうか。わたしはですね、ついに買っちゃいました。例のあれこと「音声付き☆ドキドキ目覚まし時計」。こっぱずかしくなるようなネーミングといい、時計盤に推しくんのぎこちない笑顔が印刷されて長針と短針の先端にチャームがついたデザインといい、なんとも言い難いですね。せめてもう少し抑えめの、ロゴ入りボールペンとかポーチとかならよかったのにとか、ダサい・高い・恥ずかしいの三拍子そろった完璧なグッズだとか、散々言われてましたが結構皆さん購入されていてわらいました。ぶつくさ言いながら八八〇〇円もするたっかい目覚まし買って、本当にちょろい。いい鴨。でも買っちゃうんですよね。

発売当時から散々な評判ですが、これが案外いいんです。なんてったって、朝、推しくんが耳許でおはようって言うんですよ。目が覚めて最初に聴くのが真幸くんの声なんですよ。ぴろりろりん、おはよう朝だよ起きて、ぴろりろりん、おはよう朝だよ起きて。うすらいでいた意識が一気に呼び起こされ水色の目覚まし時計を上からおさえつけると「えらいな、きょうも一日頑張って」ってはげましてくれて、そしたらもう頑張るしかないじゃないですか。正直甘いせりふってむず痒いですけど、あのカタブツな真幸くんがどんな顔して収録したのか想像するとわらえるし、かわいいし、愛おしくて。たったそれだけでどれほど今日が寒くたって息は軽くなりますね。体からだるさが溶け出ていって、芯から温もって、ああ、きょう、わたしなんとか生きてけるなって思います。命のともし火は、毎朝、推しにわけてもらう。そんなこんなで、公式にしぼり取られながら楽しんでる今日このごろです。

炎上前に書いた目覚まし時計のレビューの呑気さが別人のようで、少し恥ずかしくなった。虚無僧ちゃんがすでに起きていて、というか徹夜していて、インスタのストーリーに〈今日も地球は丸いし仕事は終わんないし推しは尊い〉とエナジードリンクとするめとチーズ鱈、彼女の推しであるセナくんの映し出されたテレビの写真をアップしていた。彼女の投稿はいつもこんな調子だったけど、自撮りを見る限り爪の先にまで気を遣っていて髪はベリーショート、ファッションにうといあたしでも聞いたことのあるようなハイブランドのもので全身を固めている。オフィシャルサイトの更新欄に「BAKUONライブ続行のお知らせ」が出ていて、先日の騒動について触れながらも当初の予定通り上野真幸を出演させて続行するとある。SNSは案の定、非難囂囂《ごうごう》といった様子だったけど、炎上後に初めて推しに会える日が中止にならなくてよかった。体が勢いづくような気がし、床に散らばったものを踏みつけながら洗面所に向かう。デニムのファスナーと漫画本の帯、ポテチの袋の銀のぎざぎざの部分が足の裏に刺さる感触が膝あたりまでのぼってくる。化粧水か何かで濡らした手で顔をおさえつけていた姉が、歯ブラシに伸ばすあたしの腕をよけて「呼ばれたでしょ学校」と言った。

「なんでそんなことになるまで言わんのよ」

姉がびたびたと叩いていた顔の表面を左手でおさえつけながら右手で乳液の蓋を開

ける。

答える代わりに、歯ブラシを口に突っ込んだ。顔を洗い、すっぴんのまま髪をきつくしばると両目尻がつり上がって心なしか顔が明るくなる。ハンガーから無理やり引っ張るせいで襟のかたちの崩れている紺のポロシャツをかぶる。水色のレースハンカチと藍色の縁の眼鏡を鞄につめ込み、最後に十二星座の占いを見る。推しは獅子座だから四位、ラッキーアイテムボールペンね、とペン本体より重そうな推しのラバーストラップのぶらさがったボールペンを鞄の内ポケットに差し込み、自分の星座は見ないまま出発した。興味がなかった。

バイト先の定食屋は駅から三方向に延びる路地のうち、いちばん細い右の道にあり、裏手のパチンコ屋や新築マンションの工事をしている男の人らが、ズボンの裾に泥をこびりつかせたまま数人でよく昼を食べにくる。一日を終えると、また夜に飲みにくる。ようやく顔を覚えたなじみのお客さんも多いけど、夜は一見さんのサラリーマンの飲み会が多く、入ってきた人と出て行く人の顔つきも足取りもまるで違うということがままある。定食なかっこ、と書いてはあるが、夜までやっているしお酒も出すから居酒屋みたいなものかもしれない。バイト募集の貼り紙を見てやってきたあたしに、幸代さんは「高校生はあんまりとってないんだけどね」と言った。入って早々に大学四年生のコウさんが「幸代さんが辞めさせてくれなくてさ。あかりちゃん来てよかったわ」と言い残して辞めていったので、人手不足を知った。

開店前に浄水に炭酸を吹き込みウィスキーを補充、豚肉は毎日絶対に出るから解凍、晩に立てかけた食器を戻し包丁を研いでおく、ところから始まって、いくつも分岐する流れに忠実に動かなければならないけど、これらが体に定着するまでに何度幸代さんに叱られたかわからない。何度も分岐していく道を覚え込んで、このときはこう、こうなるとこう、忙しいときはメモを見る時間もなくなるしそういうときに限って例外が現れて頭からどんどん、こぼれ落ちていく。

向かいのラーメン屋の濃い豚骨のにおいが夜風とともに入ってきて、「らっしゃっせえ」と店長とあたしで言う。店長は線がほそくて柔らかい口調でしゃべる人だけど、らっしゃっせえ、とありがとうございました、は誰より野太い声を出す。太い指で戸口を開けてきた勝《かつ》さんは、幸代さんが外倉庫に出ていることを知ると、お酒の量をちょろまかすようにあたしに言った。四角い顔の勝さんと、細い顎と目をした東《ひがし》さんと、あとこのタンクトップの人は誰だっけ、若くてにこにこしてるけど冷たそうな白眼の部分がやけに目立つ。三人の知った顔におしぼりと枝豆を出し、お箸と灰皿を置いて、注文票を取り出す前に、ハイボール濃いめ、え、濃いめだと高くつくのかあ、ちょっと濃くしてくれないかなあと言うからあたしの体に記録されていたルートが分断される。「やめたげなあ」と首許のタオルを外す東さんに「いんだよ」と言って「な、ちょっとだけ」と、片目をつむってみせた勝さんにちょっと待ってくださいと言って、そうすると横からさっき座敷に案内したグループのうち一番通路に近い女性が上体をのけぞらせ、飲み物こぼしちゃったんですけどと言うので、注文票の裏に三番と書いて、少々お待ちくださいと言う。レジの下にある従業員用の料金表を取り出しハイボールは四〇〇円、ハイボール濃いめは五二〇円、大きいジョッキだと五四〇円、大ハイボール濃いめは六一〇円、を確認してもらったら勝さんは急にしらけた顔をして、ああそう、じゃあ生でいいや、と周りに訊かずに三人分のビールを頼んだ。

あのね、わかる、あかりちゃん。笑顔、とにかく笑顔、なんだから。うちは水商売なんだから。水垢のついた四角い鏡に真顔を映しながら口を開け、もたついた質感の濃い口紅を唇の際まできっちりと塗りつける幸代さんの顔が浮かび、ああ、失敗したのだと思いながら厨房に戻る。最近病気か何かでやつれてきた店長が「あかりちゃん」と呼び、無言のままわらいかけたので、枝豆の皮を捨てる用の小皿を棚から出してくれたのだと気がつく。ありがとうございますと言って持っていくと東さんが「おっ、あかちゃんが戻ってきた」と細い目を開ける。以前手にいっぱいジョッキを持って行って転んだ日から、東さんは、あたしをあかりちゃんではなくあかちゃんと呼ぶようになった。一度で済む作業を忘れて何度も戻ってくるたびに、「あかちゃんがべそかいてるなあ」と言う、すみません、と小さく言い、あちこちから、すいませえん、すいませえん、と声を掛けられて、あたしは「忙しくなったらすぐ呼ぶこと、それでミス連発すると失礼だから、落ち着いて」といつも言われているのを思い出し、外倉庫にいる幸代さんを呼ぼうとし、戻る途中でさっきの女性に、少しかたくなった声で「すみません、さっきも言ったんですけどこぼしちゃって」と言われた。

「すみません、あのすぐ片付けますんで」「いや片付けなくってもいいんで、おしぼりだけもらえますか、すみませんけど」

店長が「いい、いい、おれがやっとくから、あかりちゃん生持ってって」と豚肉をいったん冷蔵庫に入れる。店長が厨房を離れることがどういうことであるか、ということはあたしも理解しているのに、焦りばかりが思考に流れ込んで乳化するみたいに濁っていく。入ってきたときは敬語を使っていたスーツ姿の男の人が会計、と声を張るのが聞こえ、耳だけがそれを記憶し、かわりに三つのビールの泡が立てるかすかな音に急《せ》き立てられるようにして盆を持っていく。

「やっときたよ」と勝さんが唇をねじまげるように言い、その顔のまま「ちゃんとやんなよ、お金もらってんでしょ」と言った。おそらく泳いでいるのだろうあたしの視線を、あたしの眼のなかにしっかり釘で縫い留めるようだった。「で、注文だけどお」勝さんは急に声を明るくした。生姜焼き、ブリ大根、牛すじ煮込みと、あとこの唐揚げね、鳥とイカ、略称で書き込んでいる途中に、会計を済ませた店長と戻ってきた幸代さんがありがとうございましたと声を張り、つかえた喉から息を噴き出すように、ありがとうございました、とあたしも言う。風が鳴っている。戸口を閉めるごろついた音、波打つガラス戸の外から聞こえる二次会がどうとかいう声、幸代さんが食器を洗って立てかけていくとき特有の硬い水音、換気扇と冷蔵庫の音、店長の「あかりちゃん、落ち着いて、落ち着けば平気だから」の柔らかい声、はい、はい、すみません、と答えるけど落ち着くってどういうことだろうせわしなく動けばミスをするしそれをやめようとするとブレーカーが落ちるみたいになって、こう言っている間にもまだお客さんはいるのにと叫び出す自分の意識の声、体のなかに堆積したそれがあふれて逆流しかける。さっきから大量につめ込んでいる、自分のだかお客さんのだかわからないすみませんで窒息しそうになり、あたしは黄ばんだ壁紙と壁紙のめくれた継ぎ目のあたりにかけられた時計を盗み見る。一時間働くと生写真が一枚買える、二時間働くとCDが一枚買える、一万円稼いだらチケット一枚になる、そうやってやりすごしてきたことの皺寄せがきている。困ったような笑顔をつくりテーブルを拭いている店長の目尻にも皺が刻まれていく。

空いたビール瓶をつめたプラスチックのビールケースを重ねて持ったまま裏口を肩で開けると、日中の熱を残した風が首許を抜けていき、一瞬だけ地面から立ち上る草と近所の猫の尿のにおいをやわらげた。息をつめて、なかで瓶の乱れて鳴るケースごと体を外に出す。お、と声を掛けられて、へっぴり腰のまま顔を上げるとさっき店を出たばかりの三人がいた。あのあと芋焼酎をボトルで頼んでいて、勝さんは夜目にも顔が赤くふくらんでいるように見えた。彼らがキープしたボトルに白いペンで名前を書き込むとき幸代さんからこそりと「勝本《かつもと》」だと教えられた。勝本さま、7／30。

「これを？　こっち？」

体が、軽くなるというよりも持ち上げられたようになり、エプロンの下に着たTシャツの内側から汗が噴き出した。

「いいです、勝さん、すみません、あぶないんで」

「軽い、軽い」

声が力むように濁り、「腰が据わればな、どんな重さだってな、」と言う足許がねじれたようになり、もうひとりのタンクトップの人がすぐにケースごと彼を支える。

「こんなん、女の子じゃ、たいへんすよね」と言う彼も酔っているのだと気づいた。お酒が入ることで油を差したように口が回る人なのだろう。あたしはお礼を言い頭をさげて、受け取ったビールケースを壁際に下ろす。開け放した外倉庫から新しい、中身の入ったビールケースを取り出し戻ろうとすると、幸代さんがゴミ箱を抱えてやってくる。その幸代さんに、「学生のうちからえらいね、なんに遣うの今の子は」とみじんも酔った様子のない東さんが言った。

「アイドルのね、追っかけをしているんだって、ねえ」幸代さんが裏口の扉を缶類の入ったケースでおさえる。

「ええ、アイドル」とタンクトップの人が声を上げる。

「やっぱし、若い子はいい男じゃなきゃ駄目なのよね」

「若いからいいけど、現実の男を見なきゃあな。行き遅れちゃう」

幸代さんと勝さんの声を背中に聞きながら缶を片付けなければと思い、ゴミ箱に数本ずつ移動させていると、軽くなったケースを押しながら扉が閉まろうとする。

「あれだね、まじめなんだね、あかちゃんは」腕を組んであたしを眺めていた東さんが唐突に言い、そうだよとまた不満げに勝さんが入る。

ちょっと濃いめにしてってつっても、つくってくれないんだから、今までの子たちは気前よかったのに、なあ。

幸代さんが、ちょっと勝さん、と言う。笑顔で言う。

まじめという言葉には縁がない。なまけものと言われるほうがしっくりくる。

さかのぼると、漢数字の四、に思い至る。一、二、三、ときて、なぜああいうふうなかたちになるのだろう、しかも一は一画、二は二画、三は三画で書けるのに、四は五画。逆に、五は四画だ。何度も書いて覚えるんだよという先生の言葉通りに、一から十まで何度も繰り返して書いても、どうしてかみんなのようにはいかなかったのを覚えている。母はよく姉のひかりとあたしとをお風呂に入れて、九九を言わせたり、アルファベットを覚えさせたりして、それができると上がれるというようなことをやった。あたしはいつまでも上がれなかった。いろんな文字と、姉の唱えている言葉がうまくつながらなくて、頭が白くなってきたあたりで母にもういいよと言われ抱きかかえられるようにして上がる。きちんとこなしてから出た姉は、いつも先にキャラクターの顔が描かれたバスタオルに包まれてじっとあたしを見ていたけど、ある日「ずるい」と言い出したことがあった。

「なんであかりは言えてないのに、上がってもいいの？　なんでひかりは、言わないとだめなの？」

母がなんと言ったかは覚えていない。のぼせたあたしは姉が意気揚々と出て行ったはずの浴槽の縁にものぼれずに、ぬるくなった湯のなかで体をすべらせていた。風呂の栓につながっているチェーンがおなかにこすれて痛くて、抱き上げられた体は重いのに、なんで姉がずるいと言うのか不思議だった。「なんでママはあかりだけ抱っこするの」と姉は続けたけど、母の手つきは抱っこ、というほどの意味はなかった気がする。ただ重いものを持ち上げているという感じだった。あたしにとってはよほど、難なく言えて先に湯舟から出られて、母に褒められているひかりのほうがうらやましく思えた。

漢字の五十問テストでも同じことだった。あれもやっぱり、満点をとれるまで何度も提出させられる。最後にクラスで残ったのは鼻くそを食べた孝太郎《こうたろう》くんとあたしだけだった。漢字練習帳の升目をひたすら埋めた。そうすれば覚えられると言うから何ページも、右手の小指の付け根が真っ黒になるまで、書いた。文字で埋めたノートがてらてらとし、黒鉛のにおいで酔うようになりながら、それでもノート一冊終わるまで練習しなきゃと思い前回できなかった放牧を書いた。放牧放牧放牧。所持所持所持所持。感じる感じる感じる感じる。完璧にしたと思った。前回牧放と書いてしまっていた放牧は順番通りに書けた。持つの手へんをにんべんにしたけど、所、は書けた。感じる、の上が思い浮かばず、心じると書いていた。前回できていた漢字もいくつか間違え、結局点数は一点しか上がらなかった。孝太郎くんにも先を越され、年度が終わるまでに合格できなかったのはひとりきりだった。

母が熱心にあたしたちに勉強を、とりわけ英語を教え始めたのと、父の海外赴任がどれほど直接に関係しているのかはわからない。母が自身の不眠を紛らすように夜遅くまで教え込むようになったときには、あたしは人の目を盗んで勉強から遠ざかることを覚え始めていた。姉が「ママは褒めないからだめなんだよ」と母から庇うようにして「ひい姉が教えるね」と言い出した。姉から教わったことでいまでも覚えているのは、三人称単数のエス、しかない。動詞にエスをつけると姉が大げさなほど褒めてくれ、忘れても根気強く教えようとするので、あたしは姉に丸をつけてもらう前に神経をとがらせながら何べんもエスがついているのかどうか確認して、全問正解した。が、それを我がことのように喜んだ姉が翌日に出してきた問題を解くときには、三人称のことはまるきり頭になかった。悪意はなかった。姉は失望をありありと滲ませながらへたくそに気を遣った。

姉が唐突に怒りをあらわにしたのは、彼女の大学受験の勉強中だった。あたしは脱衣所にいる母の小言を扉越しに聞きながら、夕飯のおでんを食べていた。姉は教材を広げ、小さめの器によそったおでんをテーブルの端に寄せている。いつものごとく、母が勉強のことであたしを叱り、あたしが「やってるよ、頑張ってるよ」と脱衣所に向かって声を張ると、勉強していた姉がいきなり手を止め、「やめてくれる」と言い出したのだった。

「あんた見てると馬鹿らしくなる。否定された気になる。あたしは、寝る間も惜しんで勉強してる。ママだって、眠れないのに、毎朝吐き気する頭痛いって言いながら仕事行ってる。それが推しばっかり追いかけてるのと、同じなの。どうしてそんなんで、頑張ってるとか言うの」

「別々に頑張ってるでいいじゃん」

姉は、あたしが大根を箸で持ち上げ、頬張るのを目で追いながら、「違う」と泣いた。ノートに涙が落ちる。姉の字は小さく、走り書きであっても読みやすく整っている。

「やらなくていい、頑張らなくてもいいから、頑張ってるなんて言わないで。否定しないで」

びち、と音を立てて大根が器に落ち、汁が飛んだ。テーブルをティッシュで拭う。それにすら腹を立てて、姉が「ちゃんと拭いて」と言う。ノートを、これ見よがしに避難させる。

拭いてるし、そもそも否定してないよね。話そうとしても、あたしの話の筋をかき乱すように泣き続ける。

わけがわからなかった。庇う基準も、苛立つ基準もわからない。姉は理屈でなく、ほとんど肉体でしゃべり、泣き、怒った。

母は、怒るというより、断じる。判定を下す。それにいち早く気づいた姉が、とりなそうとして勝手に消耗する。

いつか、母があたしについて話すのを聞いたことがある。深夜三時頃、ふと目が覚めてトイレに向かうと、廊下に居間の明かりが漏れている。声が聞こえてくる。姉がまた、母の白髪を抜いているのだろう。「痛、今の絶対白髪じゃないでしょ」「まだらのやつだけど」と聞こえてくる。眠気を引きずっているためか、暖色の光が曖昧にぼやけて見える。

いつの間にか、姿の見えない母の声に耳をそばだてていた。最後に、ごめんね、と謝るのがはっきり聞こえた。

「ごめんね、あかりのこと。負担かけて」

足の爪が伸びている。親指から、剃ったはずの毛が飛び出ている。どうして、切っても、抜いても、伸びてくるのだろう。鬱陶《うっとう》しかった。

「仕方ないよ」姉はぽつりと言った。

「あかりは何にも、できないんだから」

わざと、居間に入った。廊下のぼんやりした暗さが嘘のように明るく、テレビや、母の買った観葉植物や、低いテーブルにあるコップの輪郭が急にはっきりとした。姉は顔を上げない。母がひらき直ったように「洗濯物持っていきな」と言った。

無視をした。ずんずん進み、ティッシュを一枚引き抜き、棚の一番下の引出しから爪切りを出す。切る。音が鳴る。足の爪は四角いので切りづらく、いつも肉を挟んだ。母が何か言う。肉に埋まったそれを、爪切りの先で抉り出すようにして、また切る。爪のかけらが飛ぶ。ぜんぶ切ってしまうと、指から生えた毛が気になり、毛抜きがすでに使われていることに気がついた。

「貸して？」と姉に言った。何か言いたげな姉の手から、小さな銀色の毛抜きを取り、母が「ねえ」と声を上げるのをよそに、抜いた。短く黒い体毛の先に、体液がついているのが、情けなかった。切っても抜いてもまた伸び続けるものと、どうして延々向き合わなくてはならないのか、わからない。ずっとそうだった。一事が万事、その調子だった。

推しと再会したのは、そういう、三歩進んで二歩下がる生活をじりじり繰り返しながら何とか高校に入った頃のことだった。推しは輝いていた。子どものときに芸能界に入れられてから二十年、自分を追い込み続けた人にしかない光だと思った。「周りは大人ばっかりで顔色をうかがわなきゃいけないし、芸能界なんて勝手に連れてこられただけなんだっていう思いが抜けない時期もありましたけど、十八のときかな、アイドルとしてステージに立つ最初のときになって、こう銀テープが噴き上がるでしょう、会場は歓声であふれかえっているのに急に心のなかが静かになって、おれが、この場で、目に物みせてやるという気分になったんです」推しがいつか語ったその瞬間から、彼はたしかに自分で光を発し始めたのだと思う。

輝かしいけど、人間らしさもある。断じる口調ばかりで誤解を招くことが多いこと。愛想で口角を上げていることも多いけど、本当にうれしいときは顔の内側でこらえるようにわらうこと。トーク番組では自信ありげにしゃべるのにバラエティ番組でしゃべるのは苦手らしく目が微妙に泳ぐこと。一度インスタライブでペットボトルにキャップをつけたまま水を飲もうとしてから、ポンコツキャラに少しずつ味を占めているらしいこと。自撮りは盛れない角度から撮るくせに（顔がいいのでそれでもいいけど）、物を撮るのはうまいこと。推しのぜんぶが愛おしかった。あたしは推しにだったらぜんぶをささげたくなってしまう。ぜんぶささげるわ、なんてちゃちな恋愛ドラマみたいなせりふだけど、あたしはそこに推しがいて推しを目の当たりにできればそれでよく、たとえば勝さんや幸代さんなんかが言う「現実の男を見なきゃ」というのはまるでぴんとこなかった。

世間には、友達とか恋人とか知り合いとか家族とか関係性がたくさんあって、それらは互いに作用しながら日々微細に動いていく。常に平等で相互的な関係を目指している人たちは、そのバランスが崩れた一方的な関係性を不健康だと言う。脈ないのに想い続けても無駄だよとかどうしてあんな友達の面倒見てるのとか。見返りを求めているわけでもないのに、勝手にみじめだと言われるとうんざりする。あたしは推しの存在を愛でること自体が幸せなわけで、それはそれで成立するんだからとやかく言わないでほしい。お互いがお互いを思う関係性を推しと結びたいわけじゃない。たぶん今のあたしを見てもらおうとか受け入れてもらおうとかそういうふうに思ってないからなんだろう。推しが実際あたしを友好的に見てくれるかなんてわからないし、あたしだって、推しの近くにずっといて楽しいかと言われればまた別な気がする。もちろん、握手会で数秒言葉をかわすのなら爆発するほどテンション上がるけど。

携帯やテレビ画面には、あるいはステージと客席には、そのへだたりぶんの優しさがあると思う。相手と話して距離が近づくこともない、あたしが何かをすることで関係性が壊れることもない、一定のへだたりのある場所で誰かの存在を感じ続けられることが、安らぎを与えてくれるということがあるように思う。何より、推しを推すとき、あたしというすべてを懸けてのめり込むとき、一方的ではあるけれどあたしはいつになく満ち足りている。

推しの基本情報はルーズリーフにオレンジのペンで書き込み、赤シートで覚えた。一九九二年八月十五日生まれ、獅子座、B型、兵庫県生まれ。兄弟は四歳離れた姉がひとり、長男。好きな色は青。生後三か月でスターライト・プロダクションに所属。中学校卒業とほぼ同時に母親が姉を連れ家出。サラリーマンの父親と祖父母の四人家族で育つ。ブログ「上野真幸のブログ」を始めたものの一年半で投稿が滞り、現在はインスタを中心に更新。ツイッターは告知のみ。十六歳のときにファンクラブ発足。数々の舞台を踏み、十八歳のときスターライト・プロダクションからワンダー・エージェンシーに移籍、同時に男女混合アイドルグループまざま座のメンバーとして活動開始。

推しが出ていた舞台の時代背景は地図を作ったり相関図を書いたりして調べるから、ロシアの情勢にやたら詳しくなってその範囲の歴史の試験だけ突然点数が高くなったりすることもある。ブログを書いてもパソコン上では文字を勝手に変換してくれるから、生徒で作文の回し読みをして誤字を指摘されるときのような気まずさも感じなかった。

推しを本気で追いかける。推しを解釈してブログに残す。テレビの録画を戻しメモを取りながら、以前姉がこういう静けさで勉強に打ち込んでいた瞬間があったなと思った。全身全霊で打ち込めることが、あたしにもあるという事実を推しが教えてくれた。この日は三時までのシフトだったから、いつもほどは疲れの溜まっていない髪を風になびかせながらうちへ帰った。氷水を用意してあぐらをかき、乳白色に濁ったボタンを手垢のついたリモコンのなかに押し込むと、外が明るいせいで余計見づらくなっている薄型のテレビに映像が映る。投票結果発表は四時だから、まだ始まっていない。ＳＮＳを見てみると、まざま座関連のキーワードが二、三、トレンド入りしている。

不用品回収車の音声が、外を過ぎていった。小型犬が何かに吠えたてる声がする。フローリングから太腿を引き剝がすと、腰の骨が鈍く痛み、冷房に冷やされ続けた床がいつもより固く感じられる。四時を過ぎ、番組が始まった。鍵の音がして、仕事から帰った母が「ちょっと」と尖った声を出した。

「冷房つけてるのに窓開けて。ねえ、聞いてる」

着替えもしないで、早く洗い物したいんだから、という声を耳にうん、うん、と言う。テレビに視線を貼りつけたまま立ち上がり、不安定に揺れながらデニムを脱いでいると、カーテン閉めなさい、とまた母が言う。突然、ぶつと音を立ててテレビが消えた。あたしはそこで初めて母の顔を見た。頰の横に束ねきれない髪が落ちている。

「聞いてる」

母がリモコンを持った腕を後ろに引く。

「うんごめん、でもいいとこだから」

「渡さない」

「ねえなんで」

「いい加減にしなさい」

謝ってと言われて謝り、窓を閉めてと言われて閉め、着替えろと言われてバイトの服を脱いで寝間着になる。浴槽を洗い、あたしが朝レンチンのチャーハンを食べて放置していたぶんの食器を洗い、昼間姉がたたんだ洗濯物を自分の部屋に持って行って、リモコンを返してもらった頃にはもう結果は発表されていた。

五位の椅子に推しが座っているのを観た途端、最下位だったのだと悟った。

頭のなかが黒く、赤く、わけのわからない怒りのような色に染まった。なんで？と口の中にぶつけるみたいに小さく声に出すと、たちどころにそれは、加速し、熱を持つ。前回推しは真ん中の柔らかそうな布の敷かれた豪華な椅子に座っていて、派手な王冠に戸惑ったようにはにかんでいた。柔らかく崩れるときの表情が珍しくてかわいくって、待ち受けにしたり何度も観返してはSNSに〈いとしい、かわいい、がんばったね〉って載せたりしていたのに、いま普通の椅子に腰をかけて脚を前後にずらし、司会者の言葉に相槌を打っている推しの顔はまともに見られなかった。居たたまれなかった。ファンはそれぞれ、自分の推しが座る椅子に座った気分を一緒に味わう。〈なんで？〉〈え、つらい〉あたしは手許の端末に打ち付ける。見る限りその場で更新している人たち全員からいいねがくる。泣き顔の絵文字でいもむしちゃんが反応する。

太刀打ちができない、と思う。あの一件が与えたものの大きさを実感する。あのことが何か巨大なものを推しから奪った。みんな今までの倍は買っていたと思うけど、あたしたちが頑張るとかいう問題ではないのだと思う。それでも四位のミナ姉とは本当に僅差で百枚もない。あたしは今までのバイト代もほとんど使って五十枚買ったけど、それでも本当に限界まで切りつめてCDを買えていたなら、もしかしたら、と思う。皆がもう数枚ずつ買えていたら、推しは一位から五位へと、こんなにわかりやすく転落するようなこともなかったかもしれない。推しは今までも、このシステムはあまり良心的じゃない、ファンの子に投票してもらえるのは本当にありがたいけど無理はしないでほしいというようなことをラジオでこぼしていて、結果もさほど気にしていないのはわかっていた。それでも、画面越しに居たたまれなさが滲むような気がする。それぞれ最後に一言お願いします、と最初にマイクを渡された推しはそれを両手で包み込むようにし、「まずは」と吹き込まれた息が音を立てた。

「あれだけのことがあっても、まだこれだけの、一万三六二七票を入れてくれた子たちがいること、本当にありがたいです。期待に添えなくて申し訳ない。応えられなかったことに対する悔しさはたしかにあるけど、でも晴れやかな気持ちですね。一票一票の重さ、ちゃんと受け取りました。ありがとうね」

推しはいつも挨拶が極端に短くて非難されることもあるけど、あたしには充分だった。カーテンが揺れると、テレビのなかの推しもまぶしげに目を細めているような気がする。目を細くして子犬みたいに鼻に皺を寄せるしぐさは本当に愛くるしくて、あたしは胸の奥のほうからきつくしぼり上げられるような気がする。

引退試合に負けたときに夏が終わったなんて表現するけど、あたしはあの日から本当の夏が始まったように思う。

もう生半可には推せなかった。あたしは推し以外に目を向けまいと思う。中古で売られている推しのグッズを見るのがつらいのでなるべく迎え入れるようにし、沖縄や岡山から届いた段ボール箱から取り出した古い缶バッジやブロマイドの埃を丁寧にぬぐい、部屋の棚に飾る。推し活に関すること以外ではお金を遣わない。バイトは相変わらずきつくてうまくいかなかったけど、それでも推しのために働いていると思えば気分も晴れた。八月十五日にはあたしが一番おいしいと思うスポンジの黄色いケーキ屋さんでホールケーキを買い、チョコプレートに描いてもらった推しの似顔絵の周りに蠟燭《ろうそく》を立て、火をつけて、インスタにストーリーを上げてからぜんぶひとりで食べた。途中苦しくなったけど、いま諦めたら推しにもせっかく買ったケーキにも誠実でない気がして、喉に残る生クリームを苺の水分で押し込んだ。胃が小さくなっていたところにホールケーキを押し込んだから、急激な糖分で気持ち悪くなって吐く。トイレで人差し指と中指で舌を刺激すると喉の奥がひらいて吐瀉物のにおいが味より先に喉から眉間にかけ上る。目のふちが張りつめ涙が染み出す。体のなかから空気の這い上がる音が響いたかと思うと、ざらざらざら、と甘い味のする吐瀉物が流れ落ちる。便器に張っていた水が、数滴跳ね返って頰にかかった。トイレットペーパーに汚れた二本の指をこすりつけて拭き、流す。繰り返していくと、腹の中の空洞がよじれて痛んだ。手を水のなかでこすり合わせながら鏡を見ると赤い目をした女が映っている。その女とぼんやり目を合わせたまま口をゆすぐと、落ちていく水に少量の血と胃液が混ざり、におった。階段を上る脚、手すりを摑む腕、途中で自分の部屋にたどりつくのすらきつくなって、あたしはそのきつさを求めているのかもしれないと思った。

あたしは徐々に、自分の肉体をわざと追い詰め削ぎ取ることに躍起になっている自分、きつさを追い求めている自分を感じ始めた。体力やお金や時間、自分の持つものを切り捨てて何かに打ち込む。そのことが、自分自身を浄化するような気がすることがある。つらさと引き換えに何かに注ぎ込み続けるうち、そこに自分の存在価値があるという気がしてくる。ネタがそうあるわけでもないのにブログを毎日更新した。全体の閲覧は増えたけど、ひとつひとつの記事に対する閲覧は減る。ＳＮＳを見るのさえ億劫になってログアウトする。閲覧数なんかいらない、あたしは推しを、きちんと推せばいい。

＊

保健室には時間の流れがない。チャイムも、チャイムを皮切りににわかに騒がしくなる廊下も、外で葉がこすれる音も、白く冷たいベッドのなかにいると遠のいて感じられる。白と灰の細かいまだら模様が描かれた天井から眼を移す。光を鋭く反射するカーテンレールの銀色に自分の眼のピントが合い、またぼやけるのを感じた。夏のあいだに極端に痩せたせいか頭には常に靄《もや》がかかったようになり、リズムが崩れたまま新学期に突入したのでついていけなくなっている。視界の右端に血液の塊のような赤い斑点が見えるようになり、にきびが顔中から噴き出し始めた。母が、にきびを汚いと言った。優しく洗って保湿、とネットにはあったけどそんな呑気なことをしている場合でもないし、とにかく日に何度も洗い、顔を隠すために前髪を伸ばした。長湯しているのと起こる立ちくらみがずっと続いていているような感じで、課題は終わっていないし古典のプリントも忘れていたし、一晩中推しのアカペラの子守唄を聴いていないと眠れなかったから耳の穴が痛んでいた。あたしは机にほとんど突っ伏して授業を受けていたけれど、四限は五人グループで英語の翻訳作業をするというので立ち上がる必要がでてきた。雨雲が掛かっていて教室中がほの暗く、みんな心なしか口数が少ない。俯き加減のまま机の両端を持ち、移動させる。自然と塊ができて後れて調整が入り、最後にあたしだけが伸びきった両腕で机を抱えたまま立ち往生する。肌が熱を持ち、周囲の顔を見回す動作ひとつひとつに視線が絡んでいると思い、動けなくなった。時計の針の音が胸に溜まっていった。

体が、つい数時間前のあの感覚を自動再生し、あたしはうずくまる。眠りのなかに溶けかかろうとすると、先生がカーテンを少し開けて、「あかりちゃんちょっといい、有島《ありしま》先生がお話ししたいって」と言った。体を起こす。横たわっていたせいで位置のずれた内臓が不安定に揺れる。奥に担任の男性教師が来ていた。保健室に来るときはどの教師もなんとなく教室や職員室とは違う雰囲気をまとっている。

「大丈夫か」

茶化すような呆れたような声で担任が言った。担任は三十代後半くらいで、口をほとんど動かさずに話す。教室で聞くには小さいけれど、ここで聞く分にはちょうどよかった。保健室の奥にある、生徒のプライバシーを守るための学生相談室に通された。

担任は、座るやいなや「最近、いろんな先生から来てないって聞くけど」と言った。

「すいません」

「疲れた？」

「はい」

「どうして疲れたの」

「んん、なんとなく」

担任はわかりやすく眉を上げ、わざと、困ったね、という顔をつくる。

「まあおれはね、いいんだけどさ、このままだと留年になっちゃうよ。わかってるとは思うけど」

留年するなら退学するとか、退学したらどうするのとか、家族で何度もした会話と似たようなことをひと通りしゃべったあとで、担任は「勉強がつらい？」と訊いた。

「まあ、できないし」

「どうしてできないと思う」

喉が押しつぶされるような気がした。どうしてできないなんて、あたしのほうが聞きたい。涙がせりあがる。あふれる前に、にきび面の上にさらに泣き出したらさぞかし醜いだろうと思い、とどまった。姉だったらこういうとき臆面もなく涙を流せるのかもしれないが、あたしはそれは甘えかかるようで卑しいと思う。肉体に負けている感じがする。噛んでいた上下の歯を緩ませる。目頭から力を抜いて少しずつ、意識を離していく。風が強い。学生相談室の酸素も薄く、圧迫されている気がする。担任は、頭ごなしに叱るわけでもなく、「でもやっぱり卒業はしたほうがいいよ、あと少しは全力でやったほうがいい。これから先のことを考えても」と説得にかかった。まともなことを言われている気がしたけど、あたしの頭の中の声が、「今がつらいんだよ」と塗り込めた。聞き入れる必要のあることと、身を守るために逃避していいこととの取捨選択が、まるでできなくなっている。

原級留置、と言われたのは高校二年生の三月だった。帰り道、面談に同席した母と一緒に学校の最寄り駅まで歩いた。保健室にいるときや早退したときに受ける、あの時間が半端にちぎれて宙ぶらりんになったような感覚がさらに強烈になって、母にも伝染していると思った。実際には泣かなかったものの、二人とも泣き疲れたような顔をして歩いた。異様な感じがした。留年しても同じ結果になるだろうから、と中退を決めた。

学校へ行っていた頃、あたしは推しの音楽を聴きながら登校していた。駅へ向かいながら、余裕のある日はゆるいバラード、いそぐ日はアップテンポの新曲を流して歩いた。曲の速さで駅に着くまでの時間がまるっきり変わってくる、歩幅やら、足を運ぶリズムがその曲に支配される。

自分で自分を支配するのには気力がいる。電車やエスカレーターに乗るように歌に乗っかって移動させられたほうがずっと楽。午後、電車の座席に座っている人たちがどこか呑気で、のどかに映ることがあるけど、あれはきっと「移動している」っていう安心感に包まれてるからだと思う。自分から動かなくたって自分はちゃんと動いているっていう安堵、だから心やすらかに携帯いじったり、寝たり、できる。何かの待合室だってそう、日差しすら冷たい部屋でコートを着込んで何かを「待っている」という事実は、時々、それだけでほっとできるようなあたたかさをともなう。あれがもし自分の家のソファだったら、自分の体温とにおいの染みた毛布の中だったなら、ゲームしてもうたた寝しても、日が翳《かげ》っていくのにかかった時間のぶんだけ心のなかに黒っぽい焦りがつのっていく。何もしないでいることが何かをするよりつらいということが、あるのだと思う。

家族のグループラインで中退を知らされた姉は、〈そうか。大変だったね。おつかれさん〉と返してきた。そして夕方、突然部屋に入ってきた姉は、「あのさ」と言った。「つらいと思うけど、しばらく休みな」

居心地悪そうにあたしの青い部屋を見回す。母はずかずか入ってくるけど、すぐ隣の部屋にいる姉がこの部屋に来るのはいつぶりだろうと思った。

「うん、ありがとう」

「大丈夫」質問でも、言い聞かせてるのでもない曖昧な語尾だった。うんと答えた。

あたしの中退を、誰より受け止められずにいたのは母だった。母には思い描く理想があり、今の彼女を取り巻く環境はことごとくそれから外れていた。次女の中退に限らない。年取った母の体調が悪化している。最近代わった担当医の愛想が悪い。直属の部下が妊娠したので仕事量が増える。電気代が増える。隣の夫婦の植えた植物が伸びてきてうちの敷地に入り込んでいる。夫の一時帰国が仕事上の都合で延期になる。買ってきたばかりの鍋の取っ手が取れたのに、メーカーの対応が雑で一週間経っても代わりの品が届かない。

日を追うごとに、不眠は酷くなるようだった。白髪が増えたと言って、長いこと鏡に頭を映し、探りわける。クマも濃くなった。姉が母に、クマ消しに良いとＳＮＳで話題のコンシーラーを買い、逆上させたこともある。姉が泣く。泣き声が響き、母がまた苛立つ。

ため息は埃のように居間に降りつもり、すすり泣きは床板の隙間や箪笥《たんす》の木目に染み入った。家というものは、乱暴に引かれた椅子や扉の音が堆積し、歯軋りや小言が漏れ落ち続けることで、埃が溜まり黴《かび》が生えて、少しずつ古びていくものなのかもしれない。その不安定に崩れかかった家はむしろ壊されることを望んでいるようなところがあった。祖母の訃報があったのはまさしくその頃だった。

バイト先で出すのに手間取った秋刀魚《さんま》の塩焼きが冷えていると叱られたあと、帰ると母が髪にくしを入れながらあわただしく戸締りをしていて、「いまから出るから」と言う。

「おばあちゃん死んじゃった」

母はリモコンのボタンを何回か乱暴に押し、テレビを消す。蛍光灯と換気扇を消すと沈黙があり、すでに赤い目をした姉がお茶のペットボトルに水を入れる。

「着替えて」

唐突だった。大袋のなかに入った個包装のチョコを食べていって、いま食べたそれが最後の一個だったよ、と言われるみたいに、死が知らされる。

車に乗って、しばらく誰もが無言だった。ハンドルを握る母だけが冷静さを保ちながら泣いていた。硬い顔つきのまま自然に涙が垂れ落ちてくる感じがする。視界の邪魔だというように義務的にぬぐう。高速に乗ると、姉はあたしに背を向けて滲むような色とりどりの光が去っていくのをながめていた。通知音が鳴り、今日夜電話したいという成美からのメッセージを確認する。文面だけ見ると、整形前の成美の顔が浮かぶ。昨年度の、あたしが学校を辞めるより前の入試休み中に、二重《ふたえ》にする手術をしたらしい。休み明けの彼女はまだ完全には腫れの引いていない目をしていた。生徒らによってささやかれるともなくささやかれたけど、日が経つにつれ綺麗にひらくようになった目はそういうものを完全に視界に入れていなかった。つまり彼女の推しだけを見ていた。おっけー、のスタンプを返す。まざま座のメンバーの音声の入ったスタンプで、送るとセナくんの「おっけー」とやけに明るい声が携帯の上で起こる。姉は身じろいだきりじっと窓の外に目をやっていた。

母が付き添って病院から祖母の遺体が運ばれてくるあいだ、あたしと姉は先に母の実家についていていた。姉がテーブルの上に散らかった新聞紙や賞味期限切れの昆布や小粒の梅干しのパックを端に寄せ、乾いて固くなった布巾を湿らせる。細かい埃に覆われて白っぽくなったテーブルをひとふきすると、地の色の明るさが現れる。蛍光灯の形が丸く映るテーブルにマイナーなコンビニで買った弁当を広げ、割り箸を置く。近所のコンビニで置いているものより、唐揚げやチキンカツが大ぶりに見える。「食べるの」と訊くと、「べつに。食べてもいいけど」と時計を見た。

あたしは縁側からサンダルを突っかけて外に出る。石の塀があり、月明かりを曖昧に映し込んだ池がある。成美に電話を掛けるとワンコールで「やっほー」と出た。やはり声を聞いてとっさに浮かぶのは以前の成美の顔だなと思った。「どしたあ」と訊くと「ひさしぶりじゃん」と言う。「ねえ」「登校、寂しいよ」「いろいろあるんよ」「そうな」「そうよ」少し沈黙があった。

「成美だって、あるんじゃないの」

「わかる？　言っとくけど、わりと衝撃ニュースだからこれ」

スニーカーの底で池の周りの石を踏んづけ前後にバランスを取りながらしゃべっていたあたしは、そこで地面に降りた。

「なに。えなになになに」

「繋がりました」

えぇーっ、と大げさに驚いた口に小さな羽虫が触れ、慌てて払いのける。眩暈《めまい》がしてきて、縁側に腰を打ち付けるようにして座った。

「やったじゃん、え、よかったあ」

「二重整形効果だわ」

「んなことないでしょう」

「いや、あるんだよ」

真剣な声がする。成美が真剣そのもの、みたいな顔をしているところまでありありと浮かぶ。

「あいつは特に幅広のぱっちり平行二重の眼が好きなんだよ。変えてから態度違うもん、デートのときもそっちのが全然いいって」

「待った、付き合ってるん」

「なんか。付き合ってはないけど。みたいな感じ」

サンダルを履いたまま寝転がり、その勢いで吐き出す息とともに、ええ、うそ、ほんと、え、そかあ、と口走った。いまはあたしのほうが絵文字みたいな、びっくり仰天、っていう表情を天井に向けているのだろうと思った。単純化された感情を押し出しているうちに単純な人間になれそうな気がする。単純な会話を続けて、電話を切る。

夜の海の匂いがただよっていた。あの苔むした石の塀の向こうには海がある。油のような質感の海がものものしく鳴るのを想像する。意識の底から揺るがすような不穏な何かが、襲ってくるのを感じる。先に祖父が亡くなったときのことと、そのときの祖母の様子が思い起こされ、それはすぐに深い海の暗さに吸い込まれていった。最期の瞬間を想像し、また海に搔き消された。

恐怖から逃れたくなり、居間に戻った。母が帰り、一時帰国した父も到着した。葬儀が終わるまでのあいだは、母の実家に全員で泊まることになっていた。

携帯をひらく。無料公開されている過去の映像を繰り返し見て、画質を最高に設定してスクショする。ファンクラブ限定のオフショットを保存する。どんなときでも推しはかわいい。甘めな感じのフリルとかリボンとかピンク色とか、そういうものに対するかわいい、とは違う。顔立ちそのものに対するかわいいとも違う。どちらかと言えば、からす、なぜ鳴くの、からすはやまに、かわいい七つの子があるからよ、の歌にあるような「かわいい」だと思う。守ってあげたくなる、切なくなるような「かわいい」は最強で、推しがこれから何をしてどうなっても消えることはないだろうと思う。

「ドライヤーない？」姉が肩に掛けた褪せた色のタオルで髪を拭きながら居間全体に問いかける。母がひと呼吸おいて、「ああ、あったかなあ」と言い、流しっぱなしのバラエティ番組を見てわらう。

「あかり、入ってきたら」父が言う。

「パパは」

「おれは最後でいいよ」

「あんたいつも長いんだから、早く入って来な」

暗く、黴のにおいのする廊下を抜けた先にある浴室は、この家の中でも一番寒々とした場所だった。浴槽は普段の家の半分ほどしかなかった。閉じ切ることのできない北向きの窓から入ってくる風が極端に冷たく、熱い湯との温度差が心地よい。風呂に浸かりながら、持ち込んだ携帯を触る。どこにいようと、推しに囲まれていないと不安だった。ここ数日、この四角い端末が自分の四角い部屋そのものであるような気さえしている。

あたしの携帯の画像フォルダには、家族や友達の写真はほとんどない。パソコンでも携帯でも整理整頓ができないのは変わらないけど、推しの写真は幼少期、舞台俳優期、アイドル期、のフォルダにきっちり分け、いつでもすぐに引っ張り出せるようになっている。最近でお気に入りなのは推しが〈髪あかるくしました。がっつり〉とインスタに上げていた写真だった。鏡に映した短髪の自分に向かってカメラを向け、ピースサインをつくっているのがかわいい。真顔っぽいけど、めったにないポーズだしちょっとテンション上がってるんだろうな、と思う。〈顔良すぎる……ハイトーンも合いますね。ライブ楽しみにしてます！〉とコメントした。〈ちょっと青みがかってますか？　光の加減かな？　どっちにしてもかっこいい、さすが真幸くん〉〈今日も目の保養です生まれてきてくれてありがとうございます〉〈そのシャツってもしかしてロワゾブルーですか？〉〈待って私も髪染めたばっかかなんだけど　運命かもしれん笑〉去年の七月に炎上してからもう一年以上が経っていたから、少しずつ好意的なコメントが増えている。まだ根強いアンチは見かけるけど、そういう人が新規のファンよりも長いあいだ推しの動向を追っているのは単純に驚きだった。ファンが何かをきっかけにアンチ化することも多いから、今見かける批判はだいたいそういう人たちによるものなのかもしれない。匿名掲示板は相変わらず女性関係の噂でだらだらと埋められている。今まで噂に上がっていたのはモデルやアナウンサーだったけど、最近ではあの炎上の一件で殴られたという被害女性まで晒され始めていた。あの女性は実はファンではなく彼女だったのではないか、アイドルだから公表できなかっただけではないか。噂の女性のインスタが発見されると、自撮りを上げていない時期と騒動の時期がかぶっているとか、写り込んだマグカップがおそろいに見えるとか、手掛かりが探り出されてくる。

浴槽の縁に座り、窓の近くに携帯を置いた。窓際に置かれた洗剤の口の部分に、髪の毛や埃が張り付いたまま乾いている。窓ガラスには黒い線が斜めに交差していて、向こうに塀の色や花の色が見える。有名人になると、こういうのひとつとっても、特定されたり噂されたりということがあるのかもしれない。髪を洗おうと浴槽から出てかがむ途中、細長い鏡に映る全身が異様に痩せていて、足許から力が抜けていく気がする。

居間に戻ると、なぜか就活の話になっていた。

母に言われるままソファに沈み、目の前を父が陣取る。母が脇でテーブルを片付ける。父も母も、重い空気をわざと醸し出している。しらけた気分だった。

ひとり、横座りになった姉が、半乾きの髪をタオルで叩きながらテレビを観ている。湯上がりで火照るのか耳が赤い。そっぽを向きながらも、緊張しているのだろうと思った。テレビには、耳の遠い祖母用の字幕が出ている。

「最近どうなの。就職活動は。やってる?」

父がしらじらしく訊いた。テーブルに両肘を置き、両手を組む。無駄に幅を取るのが気にくわなかった。

「やっていないの、全く。私は何度も言った。そのたびに誤魔化すの、やった、やった、って逆切れして。蓋開けてみたら、二、三社電話して、それきり。まるでやる気なし」

目を見ひらいて母が答える。いつになく興奮気味だった。父がいると気が大きくなるのか、あるいは祖母のいなくなったこのタイミングがそうさせるのかもしれない。

父は母の言葉を取り合わず、どうなの、とあたしに訊いた。

「探しはした」

「履歴書は送った？」

「いや。電話した」

「埒があかないの」また母が言った。「いつもそう。いつもこんな調子。なんとなく流しておけばいいと思ってる」

「半年以上あったよね。どうして何もしなかったの」

「できなかったの」あたしが答え、「嘘」と母が言った。

「コンサート行く余裕はあるくせに」

ソファを覆う黒い合皮から、黄色いスポンジがはみ出ている。

「厳しいことを言うようだけど、ずっと養っているわけにはいかないんだよね、おれらも」

スポンジの劣化した部分を指でほじくりながら、今後の話をした。ひらき直り、無理なことを言ってみたりするうち、ふと父の余裕ぶった様子に胃がむかつき、それが顔に表出する頃には半わらいになっていた。突然、以前見た父のツイートが浮かんだからだった。父はいわゆるおっさん構文の使い手だった。以前、拡散された女性声優さんの投稿への返信に見覚えのある緑のソファの写真が添付されていて、偶然だなってひらいたらどう考えても父の単身赴任先の部屋だったということがある。

〈かなみんと同じソファを買いました(^_^)　残業&ひとりさびしく晩酌(;^_^A)　明日も頑張るぞ！〉

赤いビックリマークで締め括られ、似たような絵文字を使った投稿は他にも何個かあった。単身赴任で日本にいない父、洒落た色のスーツを着こなし、時々帰ってきては明るく無神経なことを言う父。覗くのは悪い気がしてそれから先は見ていない。もうどのアカウントだか知らないけど、女性声優に逐一メッセージを送りつけていると思うと可笑《おか》しかった。

「真面目に聞きなさいよ」

母がにやつくあたしを怒鳴り、立ち上がり、腕を無理に揺すぶった。姉の肩が跳ねる。むしっていたスポンジがぼろぼろ落ちる。

「やめな、やめな」父がとどめ、母が黙る。一転して聞き取れないほどの小声で謗《そし》るようなことを言いながら、母が音を立てて階段を上がっていった。姉が、母の置いていった携帯を片手に後を追う。

何かが今までと違っていた。父だけが、どこかのんびりしている。

「進学も就職もしないならお金は出せない。期限決めてやろう」

父は理路整然と、解決に向かってしゃべる。明快に、冷静に、様々なことを難なくこなせる人特有のほほえみさえ浮かべて、しゃべる。父や、他の大人たちが言うことは、すべてわかり切っていることで、あたしがすでに何度も自分に問いかけたことだった。

「働かない人は生きていけないんだよ。野生動物と同じで、餌をとらなきゃ死ぬんだから」

「なら、死ぬ」

「ううん、ううん、今そんな話はしていない」

宥《なだ》めながら遮るのが癇に障った。何もわかっていない。推しが苦しんでいるのはこのつらさなのかもしれないと思った。誰にもわかってもらえない。

「じゃあなに」涙声になった。

「働け、働けって。できないんだよ。病院で言われたの知らないの。あたし普通じゃないんだよ」

「またそのせいにするんだ」

「せいじゃなくて、せいとかじゃ、ないんだけど」息を吸い損ね、喉から潰れた音が出る。姉が無言で降りてきて、突っ立っているのが視界の端に見えた。姉のTシャツの緑色が滲み、こらえていた涙がこぼれた。泣いた自分がくやしかった。肉体にひきずられ、肉体に泣かされるのがくやしかった。

自分のすすり泣く音が、やけに大きく聞こえた。

「いんじゃん。もう」

それまで黙っていた姉が、唐突に言った。外を見ていた。父がなにか言おうとし、結局、口をつぐんだ。

「何て言うかさ。いんじゃないかな、もう。一旦ひとりで暮らしてみれば。つらいじゃん、このまんまだと」

雨漏りの音が、ぺち、ぺち、と優しい平手打ちをくらわすように、三人のいる空間に落ちる。秋の雨は白く冷たく、空っぽの我が家をゆっくりと壊していく。

結局、祖母が住んでいたこの家に引っ越すことになった。ひとまず生活費はもらい、バイトをやめた。家族には就活するためと言ったけどほんとは、ここ数日の欠勤連絡を完璧に忘れていて、幸代さんから電話が掛かってきたからだった。

「一生懸命やってたのは知ってるけど、あのね、うちもね、お店なの」幸代さんは言った。

だからごめんね、あかりちゃん。

＊

数日前に駅の売店で「まざま座・上野真幸　謎の20代美女と同棲？　ファン離れ加速」の記事を立ち読みした。べつに推しのグループは恋愛禁止ではないし、インタビューで「ゆくゆくは結婚したい」とも言っていた。アイドル失格の烙印、ファン激怒、って書かれてるけど、あたしはべつに怒ってないのになあと思う。大きなサングラスをかけた推しがスーパーの袋を持っているのが、なんだかちぐはぐだった。

遠くで子どもが騒ぎ立てるような声がする。耳の奥から沸き立つみたいだった。夕暮れどきには物音がやたらと耳につく。そろそろ、推しがインスタライブをすると言っていた時間帯だった。

まとめて買ってきたチキンラーメンの袋をやぶり器に出すと、ちぎれた麵のかけらが乾いた音を立ててちらばる。だいたい推しは放送のときご飯を食べているし、推しと一緒なら食欲も多少は湧くから、用意して待つ。推しがおすすめした映画を借りて、推しが面白いと言った芸人さんの動画をユーチューブで観る。深夜帯の放送で、おやすみ、と言われたら寝る。

先にお湯を沸かさないと駄目だと気がついた。薬缶《やかん》を火にかけ、古いにおいのするこたつに足を突っ込むとちょうど携帯のなかでライブが始まった。

まず推しの目許が画面に広がって、「見えてるかな」と言う。体を引くとスウェット姿で、少し短くした髪に照れを含んだ真顔で触った推しに、〈見えてるよお〜〉〈ばっちり〉〈かわいい〉〈見えてる！〉〈ちゃんとついてますよ！〉コメントが勢いよく流れ始めた。推しが動いている、今どこかで推しが、携帯の画面を覗き込んでいる。〈髪切った？〉あたしもコメントを打つ。〈きょう誕生日なんです〉とコメントが流れると、目をさまよわせていた推しが少し遅れて「お、誕生日ね。おめでとう」と反応した。〈資格勉強中〜〉〈真幸くん就職先決まったよ〉〈ゆかって呼んでください〉というコメントが大量に流れ始めると、推しが鼻のあたりに皺を寄せて苦いような笑みをつくった。それは粗い映像のなかの一瞬に消えて、推しはすぐに、これ、そう、コーラ、とペットボトルを持ち上げた。

「あと配達も頼んでるんだよな。寿司とサラダと、あと餃子ね」

〈太るよ笑〉〈あれ割高じゃないですか？〉〈便利だよね、最近私も頼んでる〉

推しが頬杖をついてこちらを見る。揺れ動く目でどのコメントを拾おうか考えているだけなのはわかるけど、その気の抜けた顔がかわいくてスクショした。目をつむってしまったので何度かタイミングを見てまたスクショする。後ろのソファにクッションとくまのぬいぐるみがあって、あれ、と思った。小さい頃に教育番組に出ていたから、推しは着ぐるみがトラウマだと言っていた。

「確実にその影響なのかはわからないですけど、いまだに駄目ですね、着ぐるみは。ぬいぐるみも駄目かもしれない」

引っ張り出してきたファイルのうち「苦手なもの」の項目に綴じられたルーズリーフには確実にそう書いてあった。ピンポン、とチャイムが鳴って「届いたから、ちょっと待っててね」と言って推しが立ち上がろうとすると、かこんと音がして一瞬視界がめまぐるしく移動した。立てかけていた携帯が倒れたのか、壁と窓の外が映り、「おっと、」と元の位置に戻す。「ごめんな」ふいに呼びかけられたみたいで、少し照れた。画面の向こうが沈黙すると、イヤホン越しに音がした。耳から抜く。焼けたような音が大きくなり、台所に見に行くと吹きこぼれている。火を止めて片手で器にお湯を注いでたら、右手に持った携帯を落っことしそうになった。戻ってきた推しが珍しく声を立ててわらった。しまった、と思う。なんでわらったのか見逃した。戻したいけどリアルタイムで見ておきたいから、あとでまた見なきゃいけない。厳密に言えばラグがあるのかもしれないけど、編集されたＤＶＤとか、ＣＤとかとは違って、数秒ずれただけの映像ならまだ推しの体温が画面に残っているように思った。暖房をつけるために締め切った窓の外、石の塀が上から黒くなった。夕方のにわか雨だった。

推しが戻ってきて、見せてきた箱に入っているのが炙りサーモンばかりでコメントでいくつも突っ込みが入った。推しは好きなものをひたすら食べる習性がある。飽きないのかというコメントに「好きなものだけで胃を満たしたいからね」と真顔で言い切った。「炙りサーモン、うま」顔がほころぶのをこらえるようにまた頬張る。米粒まで真剣につまもうとするので途中何度も無言になった。薄暗くなった居間でほぐれきっていない麵を嚙みほぐしていると、〈チケット売れてないからファン媚び必死だな〉という文が流れる。同じアカウントが〈燃えるゴミはおとなしくゴミ箱でも入っとけよ〉〈こんな奴のライブ行く奴なんて馬鹿信者ですね〜〉と連投するので厭《いや》でも目に入るだろう。普段こういう言葉を無表情でスルーすることの多い推しなのに、「来たくない人は来なくていいですよ、客に困ってないんで」とテレビやラジオよりも苛立ちが濃く浮き出た声で言った。推しが箸を置く。コメント欄が減速する。

推しは、後ろのソファにあるクッションがいまの自分の心そのものだというように何度も位置をととのえて落ち着けると、「そうは言ってもね」と息をついた。

「次で最後だし」

推しの胸から押し出されるように言葉が発される。受け取りきれなかった。意味をはかりかねたファンがコメント欄にも続出していた。ラグがあるのか、まだアンチに対してコメントしている人もいる。

「こんな場所でとか言われそうだけど、もうじきサイトで発表されるから。どうせなら自分の口で言おうって」

推しがコーラのキャップを音を立ててひねり、一度かたむけると、ラベルのすぐ下あたりまで減っている。

「脱退？　や、おれだけじゃないよ。解散」

〈え〉〈？？？〉〈待って待って待って〉〈えーと〉〈うそ〉

混乱するコメントが瞬く間に増えて流れていき、そこに混じって〈相変わらずわがままおれさま真幸さまだなあ〉の声が上がった。〈真幸くん推しだけどさすがに自己中すぎない？　メンバーかわいそうだよ〉〈せめて公式の発表待ちなって……〉〈ごたごた言ってないで早く解散しちゃえばよかったのにね〉

推しが時間を確認して、「これ以上は、会見で言わないとな」と言う。少し黙り、凄まじい速さで流れていくコメント欄を目で追い、そうだね、と静かにつぶやく。特定のコメントに向けた言葉ではないのだろうと思った。

「いや、ごめん。でもここに来てくれてる人には先に言っておきたかった。会見だと、どうしても会話してる感じしないから。嫌なんだよな、ああいう一方的なの」

〈おまえが一方的だろ〉〈信じたくない、〉〈なにこの置いてけぼり感（笑）〉〈とりま明日会見ってことでいいの？〉〈泣いてる〉〈いきなりすぎるよ、どうしたらいいの〉

「ごめん。勝手なこと言ってるよな、おれ」

推しが苦笑する。わかってんだけどな、と言う。

「ありがとう、今まで。おれなんかについてきてくれて」

突っかかるようなコメントが大量に流れるなか、あたしは、推しがはじめて「おれなんか」と口にしたことに気がついた。

じゃあねと言ったあとも、推しはしばらく放送を切らずに、コメント欄を見ていた。推しが何かを待っている。あたしも何かを伝えようと思うのに、言葉が見つからなかった。推しはそのうち、切りがないというようにひと呼吸して、放送を終えた。

終わってから、雨が上がっているのに気がついた。夕暮れの空を突っ切り、鳥がまっすぐに飛んでいく。石の塀の向こうに消えるのをながめながら、体が停止していると思った。

コンソメの匂いがする汁に浮いた油のひとつひとつに、蛍光灯が映っている。色の抜けた麺の切れ端が器のふちに貼り付いていた。これが三日経つと汁ごとこびりつき、一週間経つと異臭を発するようになり、景色に混ざるまでに一か月かかる。時々母が様子を見に来て、居間と台所を片付けさせられてもすぐに汚れた。ものが堆積し、素足で歩くといつのだかわからない、黒いパイナップルの汁のついたビニールが足にひっつく。背中がかゆくなったような気がしてシャワーを浴びようと思い、物干し竿から直接下着と寝間着を取ってこようとして、庭に出て気がついた。

にわか雨と洗濯物の、ひとつずつを認識しているのに、それが結びつかない。この家に来てからもう何回めだかわからない。たわんだ物干し竿に濡れて色が濃くなった洗濯物がひしめいていて、これって洗い直さなきゃなのかなあ、と思いながらバスタオルをしぼっていると、ばたたと落ちていく水の音が体のなかの空洞にひびきわたる。草の上に落ちる水の重さがそっくりそのまま面倒くささだと思い、ぜんぶ手でしぼってから放置した。そのうち乾くだろうと思った。

重さはあたしを離さなかった。祖母の家に移って四か月経つ。就活と言って何をすればいいのかわからなかったし、適当にネットで探した近所の会社の面接では高校中退の理由を訊かれ、上手く言えなくて落とされた。バイトの面接も受けた。同じようなことを訊かれて落ちて、そこから放置している。

コーラを買おう、それで推しみたいに一気にラベルの下まで飲もうと思い、携帯とお財布を尻ポケットに入れて薄手のダウンコートを羽織り、玄関を出た。誰もが歩いている。子どもは、赤ん坊を乗せたベビーカーに追いつき追い越されしながら、手袋に包まれた手のひらから何かをふりまくように歩き、老いれば老いるほど、重いものを取りこぼさないように運ぶみたいに地面と平行に歩く。坂を下っていくと、ちょうど右手の喫茶店の看板のCOFFEEの字が灯るところだった。暗さがつのり始めた。

コーラを買う小銭すら財布に入っていない。国道沿いのコンビニの広い駐車場に、猫のにいにい鳴いている声が薄く聞こえた。ATMに向かい、カードを吸い込ませる。三〇〇〇円下ろせると思ったところで、打ち間違えたのか暗証番号が違います、最初からやりなおしてください、の音声を聞き、今度は慎重に推しの生まれ年を打つ。あたし用につくってもらった銀行のカードには、三回お金が振り込まれ、痺れをきらした母が、もう払えない、自活してください、と言った。「いつ就職するの?」「いつまでも払えないんだから」「今度そっち行くから」

今月は、金額が少なくなっていた。でも、途切れることはなかった。コンビニでコーラを買い、寒さに肩をすくめてたばこを吸っているおじさんの横で一気に飲んだ。液体に溶けた炭酸のきつさが一度通り抜けたはずの喉を逆戻りする。胸が泡立つような気がし、寒い時期に冷たい炭酸飲料なんて飲むものじゃないと思う。自分の目尻の粘膜に煙のにおいが染みて唇を離した。見ると、ラベルの少し上までしか飲めていなかった。

アイドルが人になる。推しだったら、街中で見かけても声掛けないでください、もうアイドルじゃないんで、と言うだろう。ほとんど同じことを翌日の昼間、ニュースで聞いた。

記者会見はほとんど謝罪会見みたいだった。メンバーは全員スーツを着ていて、それぞれがなかに着ているワイシャツの淡いメンバーカラーだけが、それが謝罪会見ではないことを示している。フラッシュが焚かれるたびに、推しの虹彩が薄茶色くなる。目許にはクマができていた。全員が腰を折ったけど角度はばらばらで、一番深いのは明仁くんで、浅いのが推し、彼とすでに顔を赤くしたみふゆちゃんのほか二人は糸で吊ったように口角を持ち上げている。

明仁くんがマイクを手に取り「本日はお集まりいただきありがとうございます」と言った。質疑応答が始まる。メモ帳をひらき、箇条書きのための黒点を打つ。次のステージに進む。それぞれ前向きな決断。メンバー全員が話し合って決めた。書き取っても書き取っても奥が見えなかった。長く白いテーブルに隔てられた五人が順番にしゃべり、推しの番が回ってきた。……また、ぼく上野真幸は、解散を機に芸能界を引退致します。この後どこかで見かけた際は、アイドルとしてではなく、芸能人でもなく、ただの一般人として、静かに見守っていただけると幸いです。……

言うことがあまりに予想通りでおかしくもなったけど、もっともあたしを動揺させたのは左手の薬指に嵌められた銀色の指輪だった。左の手を上に重ねているところを見ると、隠すつもりもないというか、むしろ無言の報告なのかもしれない。推しの「ぼく」という一人称が耳に違和感として残ったまま、会見が終わる。

　解散について、ラストコンサートについて、推しの結婚疑惑について、炎上したときを上回るほどに活発につぶやかれ、一時は「推しの結婚」がトレンド入りするほどの騒ぎになった。〈待て待て待てついてけん〉〈みふゆちゃん納得できてなさそう　かわいそうにね〉〈推しの幸せは笑顔で祝おうって思ってたけど涙止まんねえな〉〈え、ファッションとかじゃないよねあの指輪〉〈推しの結婚式に何食わぬ顔して参列してご祝儀百万円払って颯爽と去りたい〉〈急に解散になったのってこの人のせい？〉〈脱退でよくね〉〈ファンのこと舐めすぎじゃない？？？？？？　あなたのために何万貢いだと思ってんの？？？？　は？？？？？？？　せめて隠し通せ？？？？？？？？？？〉〈某燃えるゴミの悪業の数々↓「ファンを殴って炎上」「フライング引退発表」「解散の会見で結婚匂わせ」「相手殴ったファン説浮上」ファンは浮かばれんなあ〉〈食事喉通らないもうずっとぐるぐるぐるぐるしてるなんで明仁くんまで巻き込むの勝手に結婚でもしてやめろよ〉〈え、おめでたいやん　ふつうに明るいニュース〉〈元オタ友に解散してもセナくんは芸能界に残るからまだいいよねって言われました〜ゞこっちはお前の推しのせいで自分の推しのアイドル姿が拝めなくなるんですけどゞ〉〈オタク、いまから死ねば真幸くんの子どもに生まれ変われるくないか　来世で会おう〉〈相手の女、前に殴った奴ってマジなの？〉動かし続けている親指の先から端末のなかに引きずり込まれ、声の波におぼれていく気がする。学校帰りに推しの出演する映画の試写会に行こうとして道に迷い、渋谷を歩き回っていたときが重なって思い起こされる。延々と同じ模様を描く汚れたタイルや点字ブロックの上を、スニーカー、革靴、ピンヒール、多様な形状をした靴がばらついた音を立てて絶え間なく打ち付けている。人の汗や手垢が建物をぶち抜く柱や階段の縁にこすりつけられ、人の呼吸が、同じ直方体の連結した車両内にあふれている。コピペしたみたいに階の積み重なったビルへ続くエスカレーターに人が押し寄せ、吸い上げられる。機械的な繰り返しのなかに人間が動いている。どの投稿も四角い縁で囲まれ、円のなかに等しくアイコンが切り取られ、まったく同じフォントで、祝ったり、怒ったりしていた。あたしの投稿もあたし自身も、そのなかの一部だった。

立ち竦んでいたはずのあたしは、急に肩をぶつけられたようにその投稿に目を留めた。ぶつかってきた人の後ろ姿が、大勢のなかで急に際立って見えるように、〈うわ、住所特定されてる〉の投稿が目につく。吸い込まれるように掲示板へのリンクをひらく。

発端は、数か月前に配達に行ったら上野真幸がいて驚いた、という一般人のストーリーだった。すぐに消されたがスクショが出回り、それを書き込んだ配達員のほかの投稿から、まず、その人が住んでいる地域が割り出された。そして、昨日のインスタライブで一瞬映り込んだ窓の外の景色から、推しの住むマンションが特定されたというわけだ。一般人として見守ってくれ、と言った直後に特定されるのはさすがに不運だった。きっと会おうと押しかけるファンが出てくるだろう。もし婚約相手も一緒に住んでいるのなら、推しだけでなくその人が何かしらの危害を加えられる可能性もある。

昨晩から今日にかけて与えられた情報には、何ひとつ実感がなかった。いまも自分の外側だけでしか受け止められていなかった。推しがいなくなる衝撃を受け取り損ねている。

とにかくあたしは身を削って注ぎ込むしかない、と思った。推すことはあたしの生きる手立てだった。業《ごう》だった。最後のライブは今あたしが持つすべてをささげようと決めた。

＊

風が吹き荒れていた。朝から急激に悪化した天候は、コンクリート製の壁に囲まれた建物の内部をも暗く湿らせている。雷は空を突き崩すような音を立て、壁に走ったひびや、セメントの気泡のあとを白く晒し出す。長蛇の列が吸い込まれていく先はトイレだった。入ると鏡張りの白い部屋に色がひしめいている。緑のリボン、黄色のワンピース、赤いミニスカート、泣いて赤くなった目許にファンデーションを叩き込んでいる青いシャドウを乗せた女性と鏡越しに目が合ったような気がし、その視線の糸を引いたまま、次の方、と案内係の声に示された個室に入った。ばらばらと肩にかかった髪の毛先にまで興奮が残っている。興奮は、耳の後ろをさらさらとあたたかく素早く流れ、心臓をせわしなく動かす。

第一部が始まり推しの煽りが聞こえた瞬間から、あたしはひたすら推しの名前を叫び、追うだけの存在になった。一秒一秒、推しと同じように拳を振り上げコールを叫び飛び跳ねていると、推しのおぼれるような息の音があたしの喉へ響いてくるしくなる。モニターでだらだら汗を流す推しを見るだけで脇腹から汗が噴き出す。推しを取り込むことは自分を呼び覚ますことだ。諦めて手放した何か、普段は生活のためにやりすごしている何か、押しつぶした何かを、推しが引きずり出す。だからこそ、推しを解釈して、推しをわかろうとした。その存在をたしかに感じることで、あたしはあたし自身の存在を感じようとした。推しの魂の躍動が愛おしかった。必死になって追いつこうとして踊っている、あたしの魂が愛おしかった。叫べ、叫べ、と推しが全身で語り掛ける。あたしは叫ぶ。渦を巻いていたものが急に解放されてあたりのものをなぎ倒していくように、あたし自身の厄介な命の重さをまるごとぶつけるようにして、叫ぶ。

第一部のラストは推しのソロ曲だった。青く揺らいだ海の底みたいな光のなかに推しが浮かび上がり、左手の指の腹でギターの弦をおさえると、指輪の銀色が、白く、神聖なもののように光った。ここにきて外さないのも推しらしいと思う。推しが語るように歌い始めたとき、あの男の子が、成長して大人になったのだと思った。もうずっと前から大人になっていたのにようやく理解が追いついた。大人になんかなりたくない、と叫び散らしていた彼が、何かを愛おしむように、柔らかく指を使い、それは次第に、激しくなる。周りに継ぎ足されていくドラムもベースも内包して推しは歌い上げる。始終何かを抑えつけるようだったCD音源とは歌い方がまるで違っていた。それは、この会場の熱、波打つ青色の光、あたしたちの呼吸を吸いこんだ推しがこの瞬間に、新たにつくり出し、赤く塗った唇から奏でている歌だった。あたしは初めてこの歌を聴いたと思った。青いペンライトの海、何千人を収容したドームが狭苦しく感じられる。推しが、あたしたちをあたたかい光で包み込む。

便座に座った。冷えが背筋を這い上がった。汗をかけばかくほど、あるいは湯に浸かったあとほど体が急速に冷えていくように、高揚のあとにはそれまで以上の寒さが訪れる。トイレの狭い個室のなかでつい五分前のことを思い出すたび、今までに感じたことのない黒々とした寒さがあたしの内側から全身に鳴り響く。

終わるのだ、と思う。こんなにもかわいくて凄まじくて愛おしいのに、終わる。四方を囲むトイレの壁が、あわただしい外の世界からあたしを切り取っている。先ほどの興奮で痙攣するように蠢《うごめ》いていた内臓がひとつずつ凍りついていき、背骨にまでそれが浸透してくると、やめてくれ、と思った。やめてくれ、何度も、何度も思った、何に対してかはわからない。やめてくれ、あたしから背骨を、奪わないでくれ。推しがいなくなったらあたしは本当に、生きていけなくなる。あたしはあたしをあたしだと認められなくなる。冷や汗のような涙が流れていた。同時に、間抜けな音を立てて尿がこぼれ落ちる。さみしかった。耐えがたいさみしさに膝が震えた。

トイレの出口の前に、先ほどの青いアイシャドウの女性がいた。携帯を触っていた。彼女の視線が画面上を滑るのに意識を向けながら、あたしは鞄を脇に挟んでその場を離れ、自分の席に戻った。鞄の底には電源をつけたままの携帯が入っていて録音アプリが起動している。一刻も早く、あの熱に充《み》ちた会場へ戻りたかった。推しの歌を永遠にあたしのなかに響かせていたかった。最後の瞬間を見とどけて手許に何もなくなってしまったら、この先どうやって過ごしていけばいいのかわからない。推しを推さないあたしはあたしじゃなかった。推しのいない人生は余生だった。

＊

皆さんもご存じだと思いますが、先日のツアーファイナル東京公演をもって、推し・上野真幸くんが芸能界を引退しました。発表が急だったこともあって正直わたし自身まだ整理がついていないんですけど、いままでこうしてブログを書いてきて自分のなかに落とし込めたこともたくさんあるだろうし、何より推しの姿が目に焼き付いているうちに書いておきたいと思います。

あの日は一番お気に入りの青い花柄のワンピースに青いリボンをつけて、完全なる真幸くん推しコーデで参戦。まだ寒いので真っ青なコートを羽織っても、推しのメンバーカラーが青だと見た目も寒々しいから困ります。またこれはオタクの現場あるあるですが、会場に行く電車にもう明らかに同類とわかるカラフルな格好の女の子たちがいてわらっちゃいました。始発で行ったんですがもうグッズ列ができていて、限定ペンライトとライブタオル、大阪公演でのブロマイドを全種類買い、今までは買ったことのないパーカーとTシャツと青リストバンド、キャップも購入。解散に際して発売されたベストアルバムはもう買っていましたが会場限定特典がついていますよと言われて迷わず買いました。そして数時間後に会場入り。何度もお手洗いに行き、誰から見られるわけでもない化粧を直します。明仁くんの赤、真幸くんの青、みふゆちゃんの黄、セナくんの緑、ミナ姉の紫、と五色の幕が垂れていて、これは撮影可とのことだったので載せておきますね。下のほうに、彼らの直筆のサインがあるそうですけど、見えますでしょうか。

それで肝心の推しですが、言わずもがな、最高でした。左から二番目に降り立った推しが青い鱗みたいにきらきらした衣装着て、息をしているんです。天女かと思った。オペラグラスで追い始めると、世界いっぱい、推しだけしか見えなくなるんです。汗で濡れた頬をかたくしてあの鋭い目つきで前方を睨んで、髪が揺れてこめかみが見え隠れして、生きてるなって思います。推しが生きてる。右の口角だけ持ち上がるせいで意地悪そうに見える笑顔とか舞台に立つと極端に数の少なくなるまばたきとか、重力を完全に無視したかろやかなステップとか追っていたら、骨の髄から熱くなりました。最後なんだって思いました。

夜中の三時十七分だった。海水をたたえた洞窟に、ぼおと音が鳴り響くような気味の悪さが体のなかをただよっていて、それが空腹を通り過ぎたあとにも似たえずくような痛みになって胃をつつき回した。引っ越すときに移した推しの顔写真が生白く浮き上がり、不思議にその輪郭が見慣れないものみたいに見える。そこにいま現在の推しはいないのだという感覚を初めて持ち、すべての写真は、ある意味遺影のようでもあると思った。むかし、九州の親戚に会いに行ったとき、仏壇にそなえた蜜柑を食べてお腹を壊したことがある。張り替えたばかりだというまだ青い匂いのする畳の上で、親戚のおばさんが剝いた蜜柑に歯を立てると、白い袋をかみ切れないまま中の汁が喉に垂れて気持ちがわるかった。ずっと仏壇にそなえられていたせいか酸っぱさがぬけ、甘いばかりで張りがなくなっていて、どうせなら最初からそなえたりしないで食べればもっとおいしいのに、と思った。「おそなえものとか、意味ないのにね」と口に出した。おばさんがどういうふうに答えたかは覚えてないけど、腑に落ちたのは推しの誕生日にケーキを買うことにしてからだと思う。仏壇にそなえたものを食べるみたいに、ホイップクリームの真ん中に収まった、推しの似顔絵が描かれたチョコプレートをかじる。そなえること、買うことに意味があって、食べるときにはもうもらいものみたいな感覚になった。

密録できたのは、結局、歓声ばかりだった。ごつごつとした足音や泣き叫んでいる声がすべてを覆って、割れた歌声と音楽がうっすらと聞こえるくらい。いっそばれてもよかったのだとすら思った。ピリオドを打ち損ねている。あのときからずっと、成仏できない幽霊みたいにふらついている。

闇は生あたたかくて、腐ったにおいがした。水を飲みに立つ。冷蔵庫の立てる耳鳴りのような金属音が何倍にも増幅しているように聞こえ、それが静けさをより濃密なものにしている。携帯をひらいた。顔を下から照らす画面の白い光は強烈ではあるけど、それでも庭や、廊下を侵食してくる夜のほうが勝っている。その闇と、光との境界線をできるだけ外に押し広げたくてテレビをつける。入れっぱなしだったDVDを起動する。推しのソロ曲がある五十二分十七秒まで飛ばすと、推しがマイクを持っていないほうの腕を広げて、顔をうつむけている画面で静止している。白い霧をつらぬいて舞台を踏みしめている脚の筋肉が、推しの中心に向かって張りつめている。決して萎縮していない、と思い、ブログ用にメモをした。流れながら、張りつめている。汗によって、首許を飾る青い羽根飾りがめくれ、縁取っている銀色の粉の色の反射で胸が小さく上下しているのがわかる。本当の静止のためには、呼吸と緊張を、中心に向かって流し続ける必要がある。

観終えると朝になっていた。夜明けは光で視認するのではなく、夜に浸していたはずの体が奇妙に浮くような感覚で認識する。一度おぼれて沈んでいった人が、死ぬと自然と浮かび上がってくるのはなぜだろうと思った。ひらいたままにしていたパソコンを動かして「最後なんだって思いました」を消す。「最後だと信じられなくて」と打ってまた一文字ずつ消していく。

文章が浮かばないときは散歩に限る。小さな鞄ひとつだけ持って外に出ると晴れ上がった空の青さにまぶたの裏が点滅した。いつものようにイヤホンで推しのバラードを聴いているうちに、駅についた。そうやってならどこまででも行ける気がした。すれ違う電車が圧倒的な音量で覆い尽くし、青いスニーカーのつま先が点字ブロックに引っ掛かって転びそうになる。ほとんど人のいない電車に揺られながら、推しの画像を見る、曲を聴く、ネットインタビューを見る。そこにいるのはみんな過去の推しだった。

幾度か乗り換えて、その駅についた。バスが出ている。運転が荒いのか、体調のせいでそう感じられるのか、バスの振動に空のままの胃を揺すぶられるので、青い座席を見るだけで気持ちが悪く、体を窓にもたせかける。商店街を抜け、ビジネスホテルのあいだを縫う。窓の外の赤い郵便受け、絡みつくみたいに複数台密集して駐められた自転車、日に灼かれ疲れたような濃い緑の街路樹を目で追いかける。眼球がせわしなく動いている気がしてまぶたを閉じる。震える窓ガラスに頬を何度か殴りつけられたような衝撃があって、その何度目かにひらいたまぶたの隙間からより鮮やかになった青空が見えた。青さを、眼球の底でとらえていると思った。

降りてくださーい、お客さーん、降りてくださーい、終点でーす、運転手の棒読みが聞こえたから、ポシェットからパスモを探した。お財布を出そうとすると、はずれかかっていた缶バッジの針が手の甲を薄く引っかく。運転手は目の前にいるあたしにではなくて、乗客のひとりも乗っていないバス全体に知らしめるように、早くしてくださいねー、と言う。バスから押し出され、ふるえて崩れそうになる脚をふんばった。お盆のときに茄子や胡瓜を支える爪楊枝が浮かんだ。

バスが去ると急に住宅街に取り残されたような気になった。もとは青かったのだろう色褪せたベンチにいったん座り込む。左手をかざして反射をふせぎながら地図アプりを拡大し、位置を確認し、立ち上がる。マンホールに近づくと水の流れる音がする。しばらく歩くとまたマンホールがあり、その下をまた水の流れる音がする。街の下を水が流れている。雨戸をざらざらと開ける音がして、その家の窓辺に枯れた観葉植物が見えた。白い車の下で猫が低く首を下げてこっちを見ていた。しばらく歩いていくと道は狭まり、地図アプリに表示されない道も出てくる。行き止まりもある。表示されていなくてもここを突っ切っていけばたどりつくかもしれないと思い、何度も迷いながら車庫から張り出した車の脇を通り、空き地の草を踏み、アパート下の自転車置き場を通って進んでいくと急に視界がひらけた。

川が流れている。川に沿って、錆びたガードレールがずっと先まで続いている。しばらく歩くと、ぶぶ、と携帯が震え、目的地に着いたと知った。ガードレールが途絶えて、向こう岸にマンションがある。

ごく普通のマンションだった。名前は確認できないけれど、おそらくネットに書かれていたものと同じ建物だろう。ここで何をしようと思っていたわけではなかったあたしは、ただしばらく突っ立って、そこを眺めていた。会いたいわけではなかった。

突然、右上の部屋のカーテンが寄せられ、ぎゅぎゅ、と音を立てながらベランダの窓が開いた。ショートボブの女の人が、洗濯物を抱えてよろめきながら出てきて、手すりにそれを押し付けるようにし、息をつく。

目が合いそうになり、逸《そ》らした。たまたま通りかかったふりをして歩き、徐々に早足になって、最後は走った。どの部屋かはわからないし、あの女の人が誰であってもよかった。仮にあのマンションに推しが住んでいなくたって関係がなかった。

あたしを明確に傷つけたのは、彼女が抱えていた洗濯物だった。あたしの部屋にある大量のファイルや、写真や、ＣＤや、必死になって集めてきた大量のものよりも、たった一枚のシャツが、一足の靴下が一人の人間の現在を感じさせる。引退した推しの現在をこれからも近くで見続ける人がいるという現実があった。

もう追えない。アイドルでなくなった彼をいつまでも見て、解釈し続けることはできない。推しは人になった。

なぜ推しは人を殴ったのだろう、という問いを避け続けていた。避けながら、ずっとそのことが引っ掛かっていた。それでも、そんなことが、あのマンションの一室の外から見えるわけがないのだと思う。解釈のしようがない。あのときの睨みつけるような眼は、リポーターに向けたんじゃない、あの眼は彼と彼女以外のすべての人間に向けられていた。

走って、走って、目の前に墓地があった。日を受けて、墓石は穏やかにたたずんでいる。途中に見かけた小屋には水道の脇に箒や桶やひしゃくが並べられている。茎を切断された仏花がばらけていた。花はなまなましい傷のにおいがする。祖母の病室で嗅いだ床ずれのにおいに似ている。ふと、祖母を火葬したときのことを思い出した。人が燃える。肉が燃えて、骨になる。祖母が母を日本に引き留めたとき、母は何度も祖母に、あなたの自業自得でしょう、と言った。母は散々、祖母にうちの子じゃないと言われて育ってきたらしい。今さら娘を引き留めるなんて、と泣いた。自業自得。自分の行いが自分に返ること。肉を削り骨になる、推しを推すことはあたしの業であるはずだった。一生涯かけて推したかった。それでもあたしは、死んでからのあたしは、あたし自身の骨を自分でひろうことはできないのだ。

散々、道に迷い、バスを乗り間違え、パスモを落としそうになった。最寄り駅に着いた頃には二時になっていた。家に帰った。帰っても現実が、脱ぎ散らした服とヘアゴムと充電器とレジ袋とティッシュの空き箱とひっくり返った鞄があるだけだった。なぜあたしは普通に、生活できないのだろう。人間の最低限度の生活が、ままならないのだろう。初めから壊してやろうと、散らかしてやろうとしたんじゃない。生きていたら、老廃物のように溜まっていった。生きていたら、あたしの家が壊れていった。

なぜ推しが人を殴ったのか、大切なものを自分の手で壊そうとしたのか、真相はわからない。未来永劫、わからない。でももっとずっと深いところで、そのこととあたしが繋がっている気もする。彼がその眼に押しとどめていた力を噴出させ、表舞台のことを忘れてはじめて何かを破壊しようとした瞬間が、一年半を飛び越えてあたしの体にみなぎっていると思う。あたしにはいつだって推しの影が重なっていて、二人分の体温や呼吸や衝動を感じていたのだと思った。影を犬に嚙みちぎられて泣いていた十二歳の少年が浮かんだ。ずっと、生まれたときから今までずっと、自分の肉が重たくてうっとうしかった。いま、肉の戦慄《わなな》きにしたがって、あたしはあたしを壊そうと思った。滅茶滅茶になってしまったと思いたくないから、自分から、滅茶滅茶にしてしまいたかった。テーブルに目を走らせる。綿棒のケースが目に留まる。わしづかみ、振り上げる。腹に入れた力が背骨をかけ上り、息を吸う。視界がぐっとひろがり肉の色一色に染まる。振り下ろす。思い切り、今までの自分自身への怒りを、かなしみを、叩きつけるように振り下ろす。

プラスチックケースが音を立てて転がり、綿棒が散らばった。

からすが鳴いていた。しばらく、部屋全体を眺めていた。縁側から、窓から、差し込む光は部屋全体を明るく晒し出す。中心ではなく全体が、あたしの生きてきた結果だと思った。骨も肉も、すべてがあたしだった。あたしはそれを投げつける直前のことを思う。出しっぱなしのコップ、汁が入ったままのどんぶり、リモコン。視線をざっと動かして結局、後始末が楽な、綿棒のケースを選んだ。気泡のようにわらいが込み上げてきて、ぷつんと消えた。

綿棒をひろった。膝をつき、頭《こうべ》を垂れて、お骨をひろうみたいに丁寧に、自分が床に散らした綿棒をひろった。綿棒をひろい終えても白く黴の生えたおにぎりをひろう必要があったし、空のコーラのペットボトルをひろう必要があったけど、その先に長い長い道のりが見える。

這いつくばりながら、これがあたしの生きる姿勢だと思う。

二足歩行は向いてなかったみたいだし、当分はこれで生きようと思った。体は重かった。綿棒をひろった。

初出　「文藝」二〇二〇年秋季号

カバーイラスト　ダイスケリチャード
装丁　佐藤亜沙美（サトウサンカイ）

宇佐見りん（うさみ・りん）
一九九九年静岡県生まれ、神奈川県育ち。二〇一九年、『かか』で第五六回文藝賞を受賞、第三三回三島由紀夫賞を史上最年少で受賞。本作で第一六四回芥川龍之介賞を受賞。

推し、燃ゆ

二〇二〇年九月三〇日初版発行
二〇二一年三月一三日38刷発行

著者 宇佐見りん
発行者 小野寺優
発行所 株式会社河出書房新社
〒一五一-〇〇五一
東京都渋谷区千駄ヶ谷二-三二-二
電話 〇三-三四〇四-一二〇一（営業）
〇三-三四〇四-八六一一（編集）
http://www.kawade.co.jp/
組版 KAWADE DTP WORKS
印刷 株式会社亨有堂印刷所
製本 小泉製本株式会社

ISBN978-4-309-02916-0

かか　宇佐見りん

壊れてしまった母《かか》を救うため、一九歳の浪人生うーちゃんはある祈りを抱え熊野へ旅に出る。痛切な愛と自立の物語。町田康、村田沙耶香、震撼！　第56回文藝賞、第33回三島賞受賞作。